文艺家

音乐与生命

[日] 坂本龙一 福冈伸一·著

吕灵芝·译

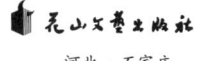

河北·石家庄

如何记录世界——出版寄语

在单向流淌的时间中

坂本龙一

我与福冈先生的这场对话，尽管只是我单方面地接受了思想的刺激，但还是感到很快乐。因为福冈先生虽是一位理科科学家，但在音乐、艺术和哲学方面也有很深刻的见解。

不可思议的是，每次与他交谈，我们的话题都会收束到一个问题上，那就是"逻各斯与弗西斯的对立"。简单来说，"逻各斯"是人类的思想、语言、逻辑，而"弗西斯"则是包括我们在内的整个大自然。

也就是说，人类长时间思考着自然是什么、人类是什么、自己是什么这样的问题。尤其在近代科学发展起来之后，人类的思考可谓硕果累累，也惠及了现代的我们。但是仔细一想，自然与人类所想的似乎不太一致。

虽然科学的目标是彻底客观的真实，但归根结底，它还是摆脱不了我们大脑所具有的认知条件。正如魏克斯库尔所说，生物眼中的世界各不相同。人类有人类所能认知的世界，蜱螨有蜱螨所能认知的世界，不能说人类与蜱螨认知的是同一个世界。

那么，生物所具备的存在性条件是否无法超越呢？譬如时间，虽然是人脑创造出来的与数字和法律相同的东西，但我们依旧无法逃出它的桎梏，不是吗？即便说"时间不存在"，时间依旧会朝着单个方向不断地前进。

恢复自然的丰饶

福冈伸一

我与坂本先生的对谈，有时在冷雨淅沥的纽约旧餐馆，有时在雾气沉沉的奥斯陆酒店休息区，也有时在东京的酒吧，持续了将近二十年。两个背景完全不同的人凑在一起交谈，正如坂本先生上文所说，总会不可思议地收束到同一个话题上：弗西斯与逻各斯的对立。那也许是因为我们的认知之旅——应该如何记述世界的提问，几乎走过了相同的轨迹。

我本因为倾慕法布尔和杜立德医生，想要倾听大自然的歌声、感叹大自然的精妙，才立志成为一名生物学家。但不知从什么时候起，我开始杀死实验动物、碾碎细胞、拼凑遗传基因。我人为地操纵生命，以还原论去解析生命。

不仅研究生物学,我还试图研究"死物学"。于是我开始绘制基因组,给基因命名,将一切数据化。换言之,生命被完完全全逻各斯化了。可是从那个节点开始,时间就停滞了,动态的生命随之丧失,自然的本体悄然抽离。直到许久以后,我才猛然意识到这个问题。从那时起,我决定重新出发,从动态平衡的角度重新审视生命。

坂本先生的轨迹又是什么样的?他在艺术大学中习得了系统的音乐理论,成为一名作曲家,后又凭借电子音乐风靡一时。在他手中,音符成了算法,声音被完全数字化。也就是说,他实现了音乐的逻各斯化。可是他又开始创作流行音乐,凭借电影音乐获得奥斯卡奖,创作了许多悠扬而忧郁的名曲。他从不自我模仿,而是拾取了玻璃和金属的声音,在枯叶上采集自然之音,开始在一次性的迷雾中寻求不和谐音和表现误差的不同步音乐。这是为什么?也许因为他也发现了,用逻各斯(也就是我们的大脑)记录的世界会歪曲自然,舍弃自然微妙的震颤。但那也是登上逻各斯的山顶之后，才能看见的风景。

正如坂本先生所说，我们始终无法跳出我们所处的"环境界"（umwelt，也译作"环境域"）。当一个人试图用别的方法去表述自然时，自然就会被逻各斯化。谁都无法逃脱这个桎梏。坂本先生的"不同步"（async），我的"动态平衡"，一旦成为话语被表述出来，归根结底都还是逻各斯。可是，我们的努力，真的如同西西弗斯的巨石那般毫无意义吗？我希望不是的。我不会放弃用新的语言（逻各斯）去表述原原本本的自然，也不会放弃追求精细程度更高的表达。正是为了这个，才有了音乐、科学、美术和哲学，才有了问话与思想的多样性。

那是明知生命最终会因为熵增定律而消亡，明知单向性的时间无法停止，依旧不断地自我破坏、自我重建，像西西弗斯那样不断重复着看似无意义的行动。那就是活着。

世界的混乱正在深化。地震、气候变化、瘟疫、战争、新的东西分裂……

本书以坂本先生演奏的音乐为引子，论及AI万能论和管理型社会这种过于偏向逻各斯的世界变化。为了恢复自然的丰饶，我们努力探索新的思想，并将对谈的过程记录了下来。

目录

Part 1　在纽约公园大道军械库

破而后立——音乐与生命的共通之处

1

Part 2　在洛克菲勒大学

成环的音乐，循环的生命

89

Extra Edition

疫情向我们提出的问题

181

作者简介

204

Part 1
在纽约公园大道军械库
破而后立——音乐与生命的共通之处

音乐与生命

不登山则难以望见下一座山

坂本

我与福冈先生都常住纽约,每两三个月会见一次面。每次相约吃饭,我们都会讨论彼此最近在研究什么,在写什么书,不知不觉就过去了四个小时。因为我们关注的东西都很相近,甚至让我感到有些惊奇。我总能凭借一些稍微涉猎过的生物学知识同福冈先生聊得热火朝天,真的很有意思。

福冈

音乐与生物学是两个截然不同的领域,但我们的目标,或者说展望的未来似乎是相同的。

跟坂本先生光芒四射的履历相比，我根本不算什么，但我们都在自己的领域有着相似的追求。坂本先生试图探求"音乐是什么"，而我试图探求"生命是什么"。音乐是一种艺术，而生物是一门学科，二者看起来截然不同，但是在探求世界的本源，并试图对其定义这个问题上，两个领域也许有一定的重叠。

坂本

确实如此。

其实我觉得，我跟福冈先生这位科学家是很不一样的。比如，福冈先生习惯于编写论文，说话时总会保持导言、展开、结论的格式。他还会为我制作不同主题的笔记，让我有种独享学者一对一教学的感觉。

而我的性格十分跳脱，总是想到什么就说什么。刚才福冈先生称赞了我那"光芒四射的履历"，其实那并不是在一条笔直的时间线上描绘出的美丽线条，因为我每次制作的专辑都会有很大的不同。从某种意义上说，我这个人比较善变，总喜欢做些跟以前不同的事情，就这么持续到了现在。我会随着自己的心情东走一步、西走一步……有点儿像超现实主义的自动书写。

换个说法就是，我并非朝着一个目标在前进，甚至不知道目标在哪里，只是在享受行走的乐趣。而我的这种性格，也反映到了自己制作的音乐上。正如雕塑家摆弄黏土、切削石头，我会从自己发现的众多素材中找到自己感兴趣的东西，把它拿出来摆弄，然后就成了一件作品。

虽然我与福冈先生几乎是完全相反的性格，但我还是很喜欢跟他交谈。因为正如福冈先生刚才所说，我们都在探求着同样的东西。而且我们的探求，往往关系到很重要的、本质性的部分。

福冈

刚才坂本先生说他并没有沿着直线一路前行，这让我

Part 1 破而后立——音乐与生命的共通之处

音乐与生命

想到了今西锦司。他是一位著名的生物学家,而且很喜欢登山,他一生共攀登了一千五百多座山峰。

有人问他:"你为什么登山?"第一个登顶珠穆朗玛峰的英国登山家乔治·马洛里对此有个很著名的回答:"因为山就在那里。"而今西锦司的回答很有意思,他说:"唯有登上山顶,才能看见独特的风景,而从那里还能望见下一座山,所以我又想继续登上那座山。就这样,我一直在迂回前行,从未沿直线行走。"

坂本

在山上迂回前行吗?今西老师还说过这样的话啊!

福冈

是的。

今西锦司这句话的重点在于,有些风景必须走到特定的地点才能看见。坂本先生作为音乐的探求者,我作为生命的探求者，同样需要走过各种各样的路，到达一个特定的地点，才能得到想要的答案。

坂本

确实如此。

其实在制作Async(《异步》)这张专辑时，为期八个月的制作过程从中间部分到后半段简直就像登山。我在作曲时，的确有种不创作出来就不知道山顶在何处的感觉。说起来，那种感觉就像没有地图的登山，不走到山顶就不知道那座山有多高，中间有什么样的路径，也不知道能看见什么样的景色。不踏出第一步，就不知道终点在哪里。等到某一天，突然就有了"啊，这是终点"的感觉，从前看不见的下一座山，赫然出现在眼前。然后我便会想：这不是结束，接下来我要去往那个地方。

福冈

哦,原来如此。只有到达那个地点,才能看见。

坂本

那一刻我强烈地意识到,如果不登上那座山,就看不见对面的风景。

福冈

原来是这种感觉啊。

"一次性"的重要程度

福冈

今西锦司对达尔文的进化论持批判态度,并因此引发了激烈的论争。但我还是认为,今西锦司是一位十分优秀的生物学家。

回忆他的每一次发言,就会发现他一直在试图探索现在的进化论体系下的语言和逻辑,或者说进化论的逻各斯无法涵盖的视野。逻各斯指的是语言、逻辑、算法等人脑总结出的世界的规则,与之相对的是弗西斯,也就是自然。

今西的进化理论认为,"进化是本应存在的改变"。从逻各斯的角度来看,这句话过于含混不清,导致现在的科学对其持否定态度。但我认为,它可以成为这次对谈的一个主题。

坂本

我有一个想法。从文艺复兴开始已经积累了五百年的20世纪的思考方式固然硕果累累,但也已经出现了弊端。也许我们是时候向下一个阶段进发了。而今西老师说的话,或许能成为这一发展的前期准备。

在我看来,要解释生命为何会发生进化,只能说已经发生的事情无法改变,也无法倒退。无论是生命还是进化,使其出现的宇宙源流,都是一次性的、无法再现的。

福冈

你说得没错。音乐,或者说声音也都是一次性的。

以前我去观看坂本先生的演奏会,在欣赏过程中听到了警车和救护车的警铃声,还有某位观众的手表发出的报时声,如果那是一场古典音乐会,这些声音可能会引来许多观

音乐与生命

众的蹙眉。但是，我当时并没有感到突兀，反倒觉得在那个只能容纳二百人的非常具有亲近感的空间里，种种小意外都融入了坂本先生的即兴演奏，汇聚成一次性的音乐体验。

说起来，那次坂本先生还用一块硬金属使劲摩擦钢琴琴弦来着。

坂本

你是说内部奏法吧？

不久以前，我强烈感觉到钢琴是一种"物品"，于是便想跳出音乐的范畴，展示它作为"物品"的声音。对我而言，"物品"是自然之物，而钢琴这种乐器原本也是木头和金属等自然之物，只是被人们收集起来，做成了现在的形态。这种人造之物如果没有人的触碰，放个几百年就会逐渐分解，回归到"自然之物"。

以前我会非常细致地为钢琴调音，但是从某个时候开始，我只想让人造的钢琴回归自然，想让钢琴作为一种自

音乐与生命

然之物发出声音，于是就放弃了调音。当然，这样会导致音准不佳，而音准本身也是人类自己制定的规则，自然之音并不存在准与不准。

内部奏法是让构成钢琴的木材和金属等自然之物发出声音的方法之一。相比单纯地弹奏琴键，这种演奏方式有着更强的不可预测性。通过内部奏法发出的声音不受控制。摩擦或敲击不同的材料，自然会发出不同的声音，而接触材料的位置和强度不同也会让声音产生细微变化。要说困难，那当然是困难的，但内部奏法的妙处就在于每次不一定能发出同样的声音，在于那种不可控的乐趣。只可惜，没有多少人愿意听这种声音。

在制作这样的音乐时，我深刻意识到通过人脑思考创作的音乐存在局限性。而这种局限性不只存在于音乐领域。我也经常感到，无论多么聪明的人创造的建筑或美术作品，都比不过自然的造型和复杂程度。

音乐与生命

Part 1 破而后立——音乐与生命的共通之处

使用说明：
沿虚线裁开本卡片，即可获得1张读书笔记小卡。填写并收集本卡片，在小红书发笔记可兑换 未读独家文创。 卡片数量越多， 文创越是重磅。

注「未读」，未读之书，未经之旅。一个不甘于平庸，富有探索与创新精神的综合文化品牌，为读者提供有趣、实用、涨知识的新鲜阅读。

本活动最终解释归「未读」所有

也是用于制造人工音物，可实际上，早期改变音调。换言之，造出不同的声音。

80年代生产的老式原理是通过电压改奏和在工作室弹奏会发生改变。即使

19

是同一个型号的合成器，每一台的音色也不一样，所以我很喜欢那种设备。我觉得它就像自己的好搭档。

作曲家富田勋先生曾说："音响合成器的电就像闪电的电。"照这样想，合成器发出的应该是自然之"音"，而合成器本身虽然看似人造之物，实际也是自然之"物"。

福冈

坂本先生一直都很爱用那种老式的乐器呢。

坂本

模拟型音响合成器当然没有数字音响合成器那么方便，可一旦换成数字音响合成器，它就不再是自然之"音"与自然之"物"，我对此十分抵触。

模拟型音响合成器也有一定的再现性，但并不是以数字化的方式精准记录可控的参数，它的音色会受到通电时间、机器热度等各类因素的影响，因此有许多不可再现的

Part 1　破而后立——音乐与生命的共通之处

音乐与生命

声音。我觉得这样特别有趣。

福冈

这就是所谓的一次性吧。

坂本

我认为，音乐的一次性是非常重要的特质。

科学更注重再现性，也就是无论重复多少次都能得到同样的结果。而音乐正好与之相反。本雅明所说的"光环"只存在于一次性的过程中，而那正是音乐的价值所在。所以，每次都会发生同样的事情，永不衰退，可以无限复制的事物中不存在光环。

本雅明在机械复制技术使得艺术作品能够大量复制生产的时代，用"光环"一词表述了艺术作品与"此时此地"相关联的、独有的、一次性的光辉，并论述了光环失落的问题。他提出这个论点的时间是20世纪前半期，而现代的复制技术与当时相比已经精进许多，因此更有必要认真地思考这个问题。

福冈

我也有同感。

其实在号称必须具备再现性的科学领域，也存在着一次性与再现性之争。比如，我们写论文时想要达到的目标，是在进行了精确的设定后，以完全相同的条件展开实验，以求每个人都能得到相同的结果。但是，生物学的实验对象是生物，实际的实验过程每次都会存在一些差别。从科学的角度来讲，这被认为是大致可再现的。

有一件事让我印象非常深刻。在 *Async* 专辑制作完成后，坂本先生曾说："我不想让别人听，只想自己听。"这句话乍一听有点儿自恋，但我觉得，也不一定是这样。

我想，音乐本来是一次性的，但是在被复制并分享给其他人的时候，就会陷入被复制的同一性。所以我猜测，坂本先生应该是想在 Async 沦为那种音乐之前，好好珍视它的一次性。

坂本
你的感觉真是太敏锐了。

我制作过很多专辑，但只有在完成 Async 之后，才第一次产生那种感觉。当然，我制作音乐的本来目的是让大家都能听到，或者说是发布 CD 这样的复制品。正因为这样，连我自己都觉得很不可思议。

沿用刚才的比喻，我在没有地图也不知道终点的情况下制作了 Async，并在这个过程中明白了"登山"的"结束方式"十分重要。我非常害怕在不知不觉间错过"此时应该停笔"的瞬间，然后做出冗余的东西。所以我在制作专辑时始终保持着高度的敏感，不让自己错过那个瞬间。这也许跟一次性的问题有着极大的关联。

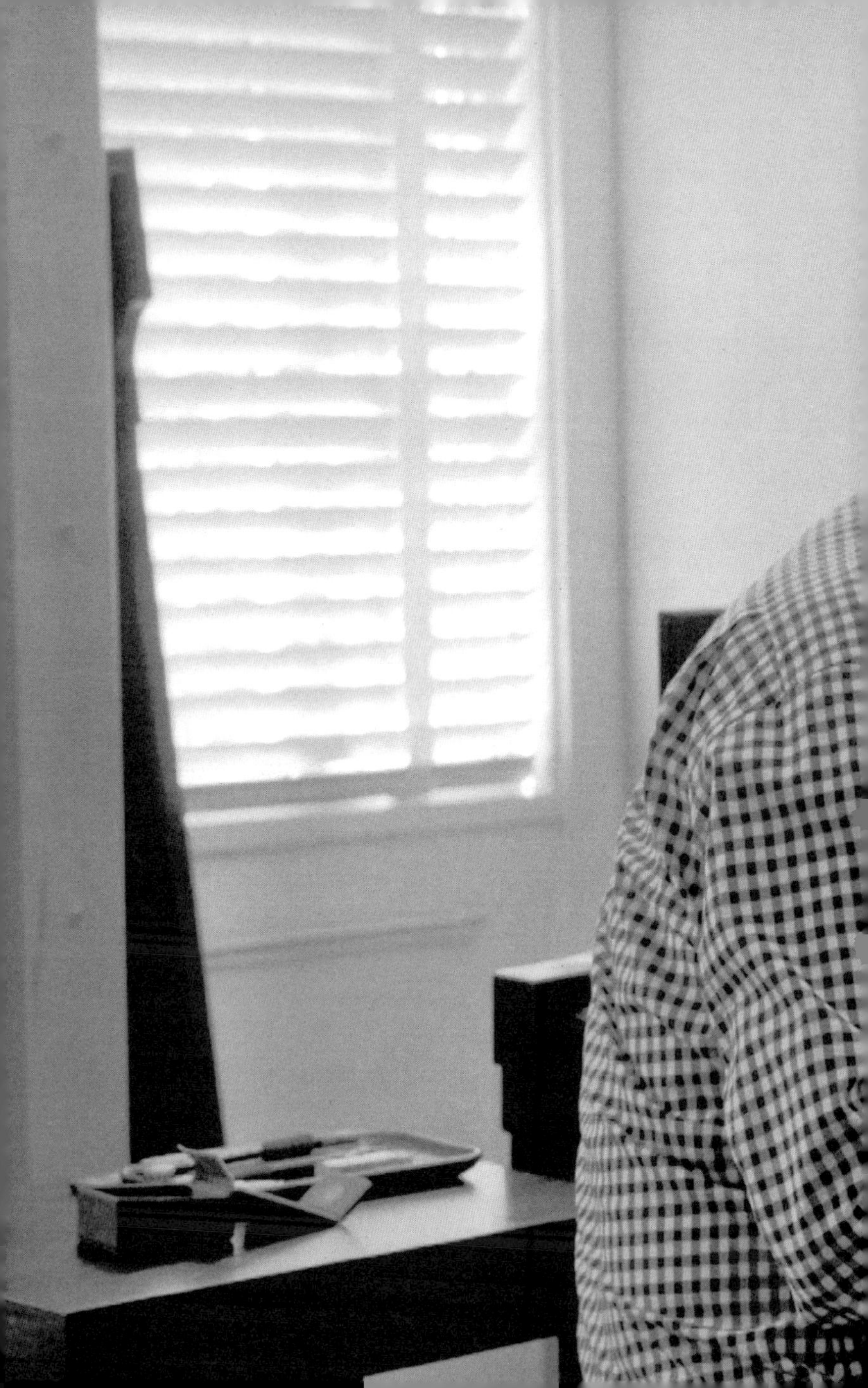

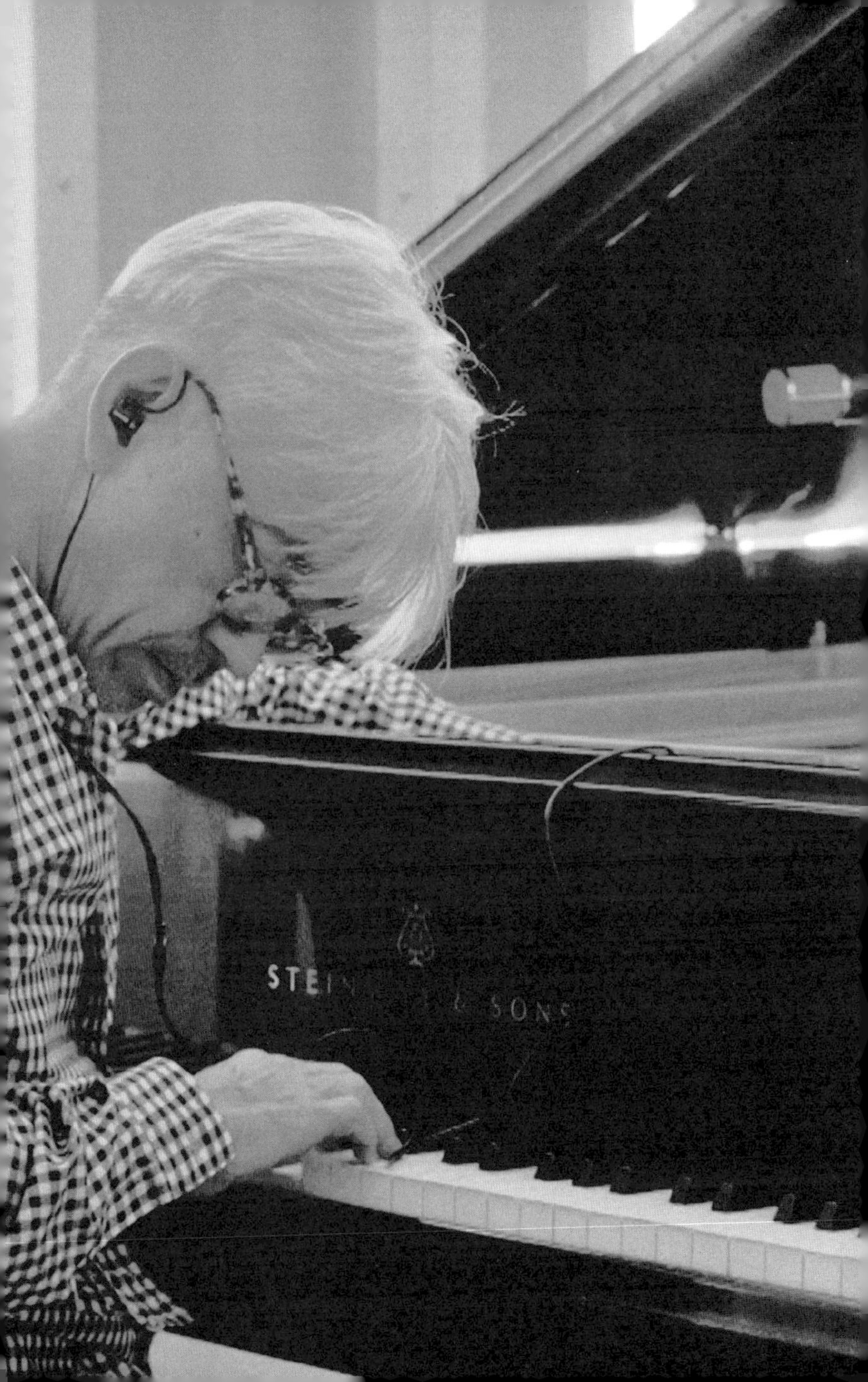

福冈

无论音乐还是科学，在我们用语言将其表达出来，或者产生作品和结果的那一刻，它就具有了可复制的再现性。尽管我们不得不面对这样的矛盾，但还是要不断打破、不断前进。从这个意义上说，坂本先生应该和我一样，正在做着不懈的努力。

坂本

说到打破，我也考虑过要不要制作一些陶器交到听众手上，并附言："这就是我的专辑，请你收到后将它打破。"而陶器破碎时发出的声音，就是我的音乐。我甚至想，要不要为了这个目标，亲自出去寻找自己的陶土。

如何理解这个充满噪声的世界

坂本

制作 *Async* 时，我首先收集了自己想听的声音，比如用接触式麦克风录下自然界的雨声、摩擦或敲击不能算作乐器的"物品"时发出的声音。而我在倾听这些声音，也就是 S（sound）和 N（noise）时，发现 M，也就是"music"不太足够。于是我就在收集到的声音中融入音乐的要素，制作成了 *Async*。因为这一重背景，我无法在演奏会上重现这张专辑。

福冈

如果将 S 和 N 理解成信号（signal）和噪声（noise），

那么这个世界其实是个充满了噪声的空间，甚至多过夜空中的繁星呢。

不过人脑能够将噪声中值得注意的点，也就是信号连接起来识别为星座，这就是科学的作用。说白了，科学是从本来只有噪声的自然中提取出某种逻各斯，因此是一种人工性很强的机制。

科学家必须自觉地认识到这个事实，可他们总会不小心忘却，误以为信号就是真实的。人类知识的历史，特别是近代科学史，其基本逻辑就是从本来只充斥着随机噪声和一次性的世界中提取出可再现的法则，唯有这样的成果才能被称为科学。人们普遍认为科学的进步能够让世界变得更美好，但是反过来说，在提取出信号的同时，我们也失去了许多噪声。

坂本

福冈先生所说的噪声与信号，其实也可以置换成"地"

与"图"。科学就是观察某种自然状态,然后提取出图谱,从中找到意义。

福冈

科学家受到的教育就是从原本由噪声,或者说从由"地"组成的世界中提取出某种信号,也就是"图",并且必须按照这个方法展开工作。但是一味地做这种事情,至少我是会感到倦怠的。

坂本

我很明白你的感受。在遇到一件事时,科学家想了解的是为什么会发生这样的事。我认为这种欲望完全没有问题。只不过正如刚才福冈先生所说,在非常严格的条件与环境中提高再现性的实验并非自然的状态。而对此感到倦怠,其实是很正常的。

福冈

在音乐领域也会有那种感觉吗？

坂本

当然有了。

在音乐领域，使用自然状态的声音作为素材，打造出某种结构体，这一做法有点儿像数学。打个比方，听多了贝多芬的音乐，就会发现他其实像个砖瓦工人，将一个个音符像砖块一样堆砌起来，形成了乐曲。

如果将价值放在从"地"中提取出"图"，再将"图"加工美化的行为上，"地"和噪声就会被排除。音乐以这种形式发展了几百年，尤其在近代以后，人类对于音乐的掌控变得越发精确了。

但有趣的是，在我出生的20世纪50年代，现代音乐发展到了结构化的高峰，这时有一位名为约翰·凯奇的作曲家提出："一般被认为具有'音乐性'的声音，通常会抗拒

Part 1　破而后立——音乐与生命的共通之处

与东京爱乐乐团合作演出

音乐与生命

自己所归属的状态。"(《约翰·凯奇：为了鸟儿》，青山麻美译，1982年）也就是说，他开始尝试去倾听"地"，不再执着于提取出"图"，而是听取"地"，听取噪声。顺带一提，凯奇还深受禅学和易学等东方思想的影响。

我从十几岁起就知道了约翰·凯奇的存在，并对完全跳脱于我所学习的西方音乐谱系之外的，独属于约翰·凯奇的音乐产生了兴趣。我在读高中时，便开始去听斯蒂夫·莱奇、菲利普·格拉斯、特里·赖利等继凯奇之后的前卫音乐家的演奏会，并从他们的音乐中感受到当时的前卫音乐家也意识到了同样的问题。

那时的我常去参加游行，或是在学校发动罢课，一心想要瓦解学校和社会的制度。同时代的作曲家同样在尝试瓦解已经陷入死胡同的西方音乐既存的制度和结构，从中开拓出新的音乐之路。可以说，我们都捕捉到1970年前后的"瓦解时代"的风潮，并投身到行动中。

也许是我的思想回到了十八岁前后，最近我越发感觉到,约翰·凯奇提出了一个十分重要的,而且迫切的问题。

排除噪声正如修建金字塔,它提示了人类的一种观念——不希望让人看到在美丽的事物背后隐藏着何等残酷的劳动和奴役。

爱因斯坦有句名言:"上帝不会掷骰子。"直到现在,人们也更喜欢那种没有噪声的纯粹的美。越是平坦光滑,就越能得到赞美。连建筑物都以笔直为美。

福冈

没错,几乎所有绘画都是方形的。

坂本

曾经有飞机穿过亚马孙丛林上空,在飞机上看到的光景,是一片无尽的锯齿形,那才是充满了噪声的自然状态。

福冈

亚马孙的确是弗西斯的世界。

坂本

但是在一片锯齿形中，偶尔也能看见笔直的线条。

原来那都是人类制造的线条，也就是道路和划分出区块的农田。有直线的地方就有人，人在那里经营农业和畜牧业。看到那样的光景，我不禁感叹：人类就是这样破坏自然的。

音乐与生命

即使看见星座，也无法理解宇宙

福冈

曾经，我也是个只知道看"图"的科学家。我认为"图"才是有价值的，"图"解释了生命的原理。可生命虽看起来像精密的钟表，其实并非如此。现在我已经在反省，认为真正的自然的丰饶和精妙，在于坂本先生所说的"地"的部分。

在思考世界的本源时，应该把目光放在被认为是噪声的部分，提出这一观点的便是德国理论生物学家魏克斯库尔。他跟前面提到的今西锦司一样，被视作生物学家中的异端。但是我认为，他的著作，比如《从生物看世界》等，提示了被近代科学所舍弃的那部分视野。

坂本

我也很喜欢魏克斯库尔。第一次读《从生物看世界》是在二十岁出头的时候，这本书给了我一种醍醐灌顶的感觉。

福冈

魏克斯库尔论述了人类以外的生物如何感知世界，并将其表述为物种特有的"环境界"。我认为，这代表着动物接纳了人类所舍弃的噪声。

坂本

魏克斯库尔说，如蜱螨这种没有视觉的生物，会通过嗅觉等感官认知世界。如果将其比作"看见"，那么气味对它们而言，就相当于星座。

福冈

有道理。它们在视觉之外创造了世界。

坂本

其实就是未能认知世界的整体。无论是蜱螨还是人类都一样。这种看法会给人们带来良性的刺激，所以我觉得十分重要。

从科学角度而言，如果不把"地"或噪声视作整体的一部分，就不可能探寻到本质性的真理。

福冈

你说得没错。不管看见多少个星座，都不代表理解了宇宙。甚至星座本身就是对星辰的误解。

星座并不是同一平面上星辰的点阵，而是将距离各不相同的群星看作了平面的图形。现在看见的星座可能到一百万年后会变得不一样，而且星光本就是来自几万年前的光，现在我们眼中的星辰，可能早就不复存在了。将这样的物体组合成星座，试图归纳为图表和秩序，可以说是异想天开。而尝试抛开这种星座式的见解，是一件非常重要的事情。

坂本

真是太对了。

用星座这种二维、平面的东西去理解宇宙,其实就代表了人类对世界的认知水平。人们将存在于三维、四维空间的恒星视作一个平面上的点,并用线去连接,形成一定的图案。由此可见,人类习惯于用线性思考去理解万事万物,并将它们逻各斯化,时间和数字就是这样被逻各斯化的。

福冈

科学也一样。在生物学中,我们切分生命,分解细胞,给每一个细微的部位命名,并在部位与部位之间画出箭头,标记因果关系,正如人们描绘星座那般。

坂本

同样,音乐有开篇,在时间这条线上排列音符,并在某个点迎来终结，形成一个线性的结构。现代音乐作曲家、评论家近藤让先生在《线性音乐》（1979年）这本书中提及了"分节—连接"，认为现代音乐过于注重分节（寻找新的声音），却没有找到新的连接（顺着时间的流动排列音符）的方法。

抽象地说，音乐被称作"时间的艺术"。在一个单向的坐标轴上标记了点位，时间流动时，将这些点位组合成美的结构，这便是音乐。可是这种人工的、刻意的音乐，只要习得规则便能创造。按照规则排列音符，任谁都能拼凑出音乐。

福冈

确实是这样的。

坂本

包括我在内，有很多人其实并不知道认识星座与认识

Part 1　破而后立——音乐与生命的共通之处

宇宙是两码事。不过人们一旦知道了，恐怕就会发现，自己此前是以一种何等偏颇的目光在认识世界的。

自九一一事件之后，我就开始追求非线性的音乐。体验过那种让人分不清真伪的事情之后，我已经看不见人类的未来，也不知道自己是否还抱有希望了。同时，我丧失了通过批判20世纪来创造更好的21世纪这样的线性时间感觉。我认为，这个变化也影响了我的音乐。

假如在直线时间中规定了"终点"的西方音乐是一神论的产物，那么原本的音乐则更偏向多神论和泛灵论。它可以没有"终点"，跳出了时间的框架。就连约翰·凯奇，到最后都执着于结构，坚持着如何对一定的时间进行分区这样的方法，而我想跳出这个框架。

可能因为我十分关心环境问题，经常有人问我："你知道环保的音乐是什么样的吗？"基本来说，这种音乐并不存在。不过一直有人在寻找这个答案。如果真的存在"环保的音乐"，那我觉得，虽没有到米歇尔·福柯的"人类已死"的程度，但它也算是否定人类的东西了。也就是说，我有一种越来越强烈的意愿，想远离一神论的、有始有终的、在历史中有其目的的、人类的思想。

收录在专辑中的音乐自然必须有个结束的点，但我还是想创作不同于有始有终的单时间线的音乐，而是复数的时间线同时进行的、永远不会发生"反复"的音乐。

福冈

"环保的××"这种标语的确有种肤浅的感觉，同时也有种人类能够驾驭环境的人类中心主义的傲慢。所以我很理解坂本先生想要尽量远离它的想法。如果真的存在对环境友好的环保状态，我想那应该是地球上最新出现，且最为凶险的"外来物种"，也就是人类的消失。地球环境对人类来说是不可或缺的东西，但是对地球环境来说，人的消失与否无关痛痒。没有人类反倒能少受些危害。

名为语言的逻各斯之力

坂本

另外,我觉得人脑有一种特性,就是无法忍受随机。大脑更喜欢接受有意义的信息,让所见所闻都具有价值。这就是人类改不掉的倾向。

福冈

说白了,就是大脑渴望秩序。将群星划分为星座,对人类来说是一种具有快感的行为。正多边形、黄金比例、对称性,人类的知性一直在追求这样的秩序之美。

坂本

因为经过组织和秩序化,事物就会变得更容易掌控。人类为了更准确地进行组织和秩序化,就发明了电脑,并且向着逻各斯的方向一路狂奔。可以说,千百年来,人类一直在这样的压力中发展。

我觉得人类有许多不可思议的地方。有段时间我在思考个体与社会的问题,因为河合雅雄先生的猿类学著作开始阅读生物学书籍,然后我开始猜想,也许黑猩猩、倭黑猩猩、大猩猩这些与我们相近的生物也会像看见星座一样理解宇宙和自然。

福冈

我不太了解黑猩猩、倭黑猩猩、大猩猩的想法,但就人类而言,星座的确是语言与逻各斯作用的结果。

说个相关的话题,我们这些以日语为母语的人在美国生活,有时会厌倦逻各斯的强大力量,对吧?

音乐与生命

坂本

确实如此。

福冈

之前我出席了一场教育集会,某位老师说:"在向儿童讲解权利时,必须让其深刻理解到'right'和'privilege'的不同之处。"对接受了应试英语教育的我们来说,"right"和"privilege"都是指"权利、特权",并没有明显的区别。但是对英语母语的人来说,"right"是与生俱来的人权,"privilege"则是主动寻求并以回报的形式得到的权利。

在英语圈,被语言所区分的力量十分强大,因为这些力量,人们得以从本来充斥着噪声的世界中提取信号。但是,如果过度依赖逻各斯的力量进行提取,本来的自然就会严重变形,甚至成为人工的产物。

物理学的英语是"physics",生理学的英语是"physiology",其前缀"physis"在希腊语中就是弗西斯,代表了"本来的自然"。古希腊哲学家赫拉克利特和毕达哥拉斯等人都认为，自然是混沌而充满噪声的，同时也是丰饶的。后来苏格拉底和柏拉图出现，观念论诞生，直至今日，尤其在英语文化圈中，通过逻各斯来提取世界观念的历史已经发展得尤为根深蒂固。

坂本

确实，而我们这边对此丝毫不抱疑问的人数不胜数。

福冈

而我对此则有点儿腻味。那可以说是某种异文化体验，但也反过来让我察觉到了弗西斯，也就是自然的丰饶。

汉字的丰富激发力及其潜力

坂本

在日语中被统一理解为"权利、特权"的词语,到了英语中则变成"right"和"privilege"两个词。简单来说,它们之所以是两个不同的词,对于以英语为母语的人而言,就意味着从一个本质中提取出两种不同的概念,并将其视作不同的东西。换言之,这里存在着一个前提——A与B是不同的,二者不能交换使用。

福冈

没错,就像星图上两个不同的星座。

坂本

但是在日本人的脑子里，并不存在英语母语者对于"right"与"privilege"的区分，只存在更笼统的"权利、特权"的概念。如果要让它更精确地对应英语，就得在前面加上形容词，做出"××权利"的修饰。只是"权利"这一个词，就能体现出我们和英语圈的人存在着令人惊叹的世界观的差异。而这，就是逻各斯的力量。

要说更为日常的感觉，我认为犬吠就是个很好的例子。准确来说，每只狗的叫声都不一样，但是假设全世界的犬吠声是相同的，不同语言对它的象声表述也不一样。英语将其表述为"bow-wow"，法语是"ouah-ouah"，意大利语是"bau-bau"。但我在日本听到的狗叫和在美国听到的狗叫，都是"汪汪"。就理性而言，我知道那是不同的，但无论怎么听，那狗叫在我耳中都是"汪汪"。对我来说，无论是哪里的狗，都是"汪汪"叫的。

福冈

我也一样。

坂本

但这其实是错误的。狗并不会"汪汪"叫,美国人听见的狗叫声也不是"汪汪"。甚至可以说,全世界的语言对狗叫声的表述都是不一样的。

连狗叫声这种如此贴近生活的现象,我们都要将其提取为"星座",甚至会在无意识间深陷星座所编织的大网中。人类的思考结构依托于逻各斯,音乐、科学和日常生活都被包含其中,所以我们都在无意识间使用了由逻各斯固化的方法去观察和体验这个世界。

福冈

换言之,就是认知的牢笼。

对了,以前坂本先生向我推荐过一本书,讲的是明治时代,将日本美术介绍给海外的费诺罗萨,其以外国雇工的身份前来日本,展开了对汉字的考察。

我因为定居在纽约,平时在英语方面吃了不少苦,读过那本书后,我才真正意识到,在以日语为基础的文化环境中成长,其实是一种很丰厚的体验。

坂本

费诺罗萨和深受其影响的诗人埃兹拉·庞德共同创作了那本书(《以诗为媒介的汉字考》,高田美一译,1982年)。我有一天从家里那一大堆书中偶然拿起那本,后来在见到福冈先生时,才谈起了:"最近我读过这样一本书。"

费诺罗萨在书中考察了包含英语在内的欧洲语言与使用汉字的中文和日文等亚洲语言的巨大差别,其理论很有说服力。比如英语式思考首先有单词,然后像"A is B"这样以动词为接合剂,似堆砌砖块般组合名词,如此就能完成一切表达。费诺罗萨认为,这种方法方便是方便,但并没有表达出事物的真正内涵。然后他注意到汉字跳出了英语的固化思维，始终能够表达出更具流动性的自然，并列举了很多例子。

福冈

也就是说，汉字是为了更直观、更具色彩性和视觉性地表达自然。

坂本

不只如此。比如，"樱"这个汉字本身就是一首诗。

福冈

人类思维的逻各斯化虽然无法阻止，但也许能让汉字作为某种意义上的文艺复兴，通过它丰富的激发力对思维产生一定的影响。

坂本

庞德在那本书中提到,他更喜欢效仿费诺罗萨,用音译来读取汉字。而费诺罗萨对于汉字的思考,受到了森槐南这位汉诗与汉文化学者的极大影响。

森在讲课时告诉费诺罗萨:"日本的音读发音更接近于汉字被初创时期的古代汉语发音。"也就是说,中国在几千年的漫长历史中,吸收过许多异民族文化,导致汉语的发音也发生了变化。[1]我不清楚这在历史学角度上是否正确,但森是明治时期中国诗研究的大家,他说的话应该可以相信。

福冈

听着挺有意思的。

---

[1] 日语汉字音读主要源自隋唐时期(6—9世纪)传入的中古汉语发音,通过吴音、汉音、唐宋音等累积形成。这些发音体系一方面保留了中古汉语的部分特征,另一方面也因日语固有音系限制,发生了变化,故而"接近古汉语发音"是相对的、局部的。而汉语语音的演变既有内部演化,又受到外来语言影响,原因是多元化的。——编者注

Part 1　破而后立——音乐与生命的共通之处

坂本

其实在音乐领域也有类似的故事。日本自古传承的雅乐来自大唐,当时的中国是一个大帝国,其宫廷音乐吸收并采纳了东南西北各个地区的音乐和舞蹈。雅乐在奈良时代传入日本,虽然多少发生了一些变化,但仍有一部分始终保持着刚传入时的形态。

而在雅乐的原产地中国,同汉字一样,原本的音乐已经逐渐消失了。朝鲜半岛作为雅乐传承的中转站,自然也保留了雅乐的形式,但同样受到朝鲜半岛本身的文化影响,已经产生了很大的变化。从这个意义上说,至今仍在很大程度上保留了唐代音乐回响的日本,应该算是"守成的文化"。[1]

---

[1] 中国雅乐与日本雅乐虽使用同一称谓,但所指不同,中国宫廷雅乐(祭祀音乐)与唐代燕乐(宴享音乐)属不同体系。日本雅乐以唐代燕乐为重要源头,其音乐实践也历经本土化调整,是选择性吸收与再创造的产物。——编者注

不用名词思考的实验

坂本

其实我受到费诺罗萨那本书的刺激,曾经做过一天不用名词思考的实验。

福冈

你这实验可真不得了啊。(笑)

坂本

虽然尝试了,但我发现根本不可能做到,甚至一秒都撑不过去。不用名词当然说不了话,连思考都很困难。比如我看见天空的云,想到"我要表达那片云",或者"那片云为什么在那里",这种思考本身就用到了好几个名词。如果不使用名词,我们连思考都无法进行,可谓寸步难行。我由此意识到,人类被名词束缚的程度有多么严重。

不过,我通过这个思考实验产生了一个想法:不命名,不称名,不通过名称进行认知,这应该是很重要的。

福冈

命名就意味着从群星中提取星座。

坂本

正是如此。

自然界中的一切都是互相连接的,根本无法简单提取,所有事物都处在流动状态,时刻发生着变化。用英语来说,就是"ing"的状态。

福冈

我觉得你说得很对。

费诺罗萨也认为"A is B"无法表述事件的发生与事物的形成,对此我深表赞同。生命的时间与机器的时间完全不同。机器的时间其实是对X轴与Y轴构成的平面上各个点的集合,而生命的时间则更有厚度。比如在音乐中,前一个音和后一个音的连接与物理上的点和点之间的连接并不相同。音乐中的时间流动既融入了逝去之物,也包含了对将至之物的期待。机器的时间乍一看是线性的,实际却像翻页漫画一样,是一种错觉。因为无论集合多少点,它们都不会连成线。

坂本

给这种流动性的事物赋予名称,其实有两个错误。一是通过赋予名称,将本来互相联结的事物切割出来;二是将动态的事物变成了不动的抽象概念。

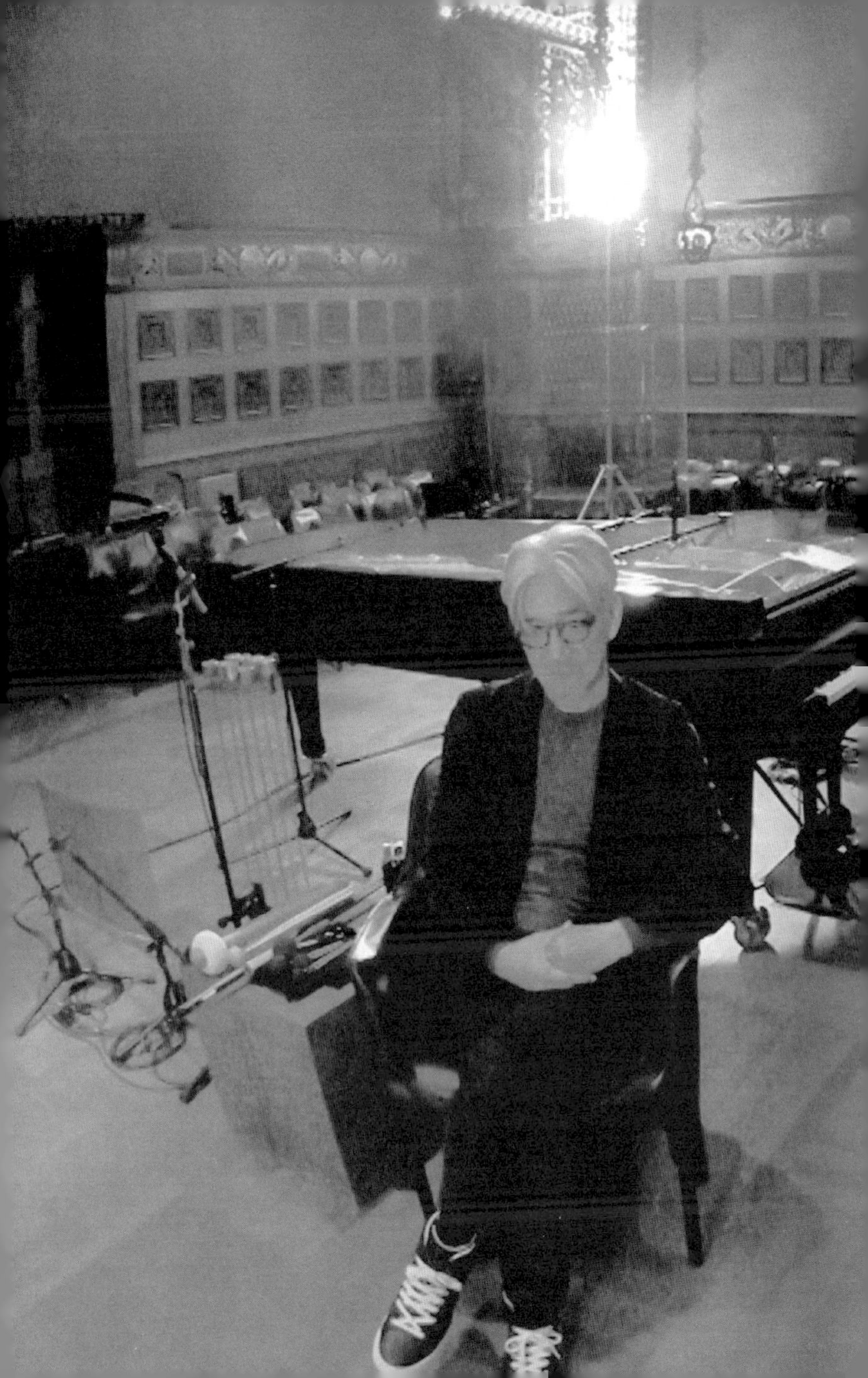

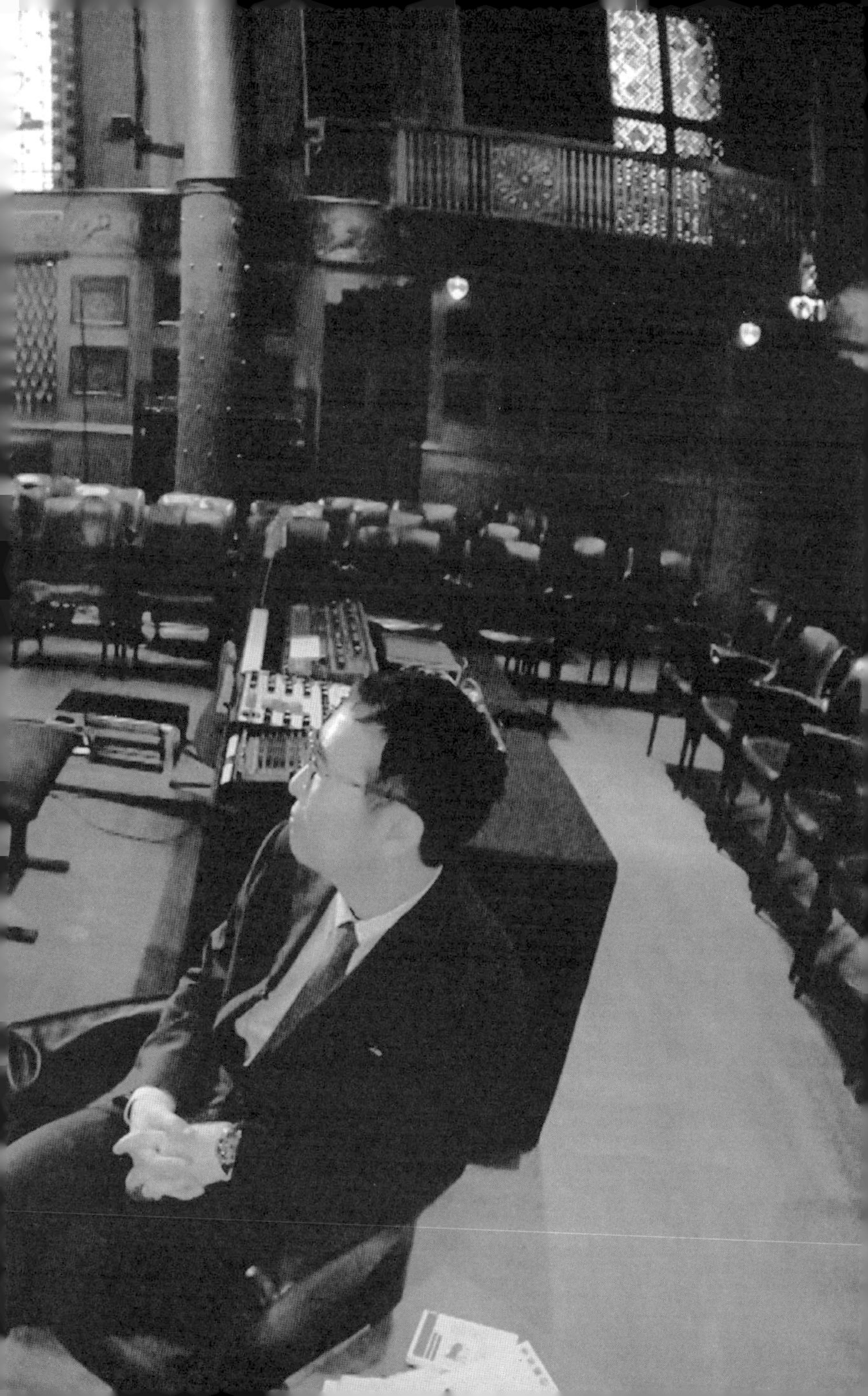

福冈

名词化的束缚也是语言的束缚，或者说分节化的束缚。

我觉得人类很难从那种逻各斯的束缚中逃脱出来，但那样生成的东西再怎么说也是人造之物，与包括我们在内的生命本身的自然完全不同。

坂本

通过逻各斯无法看见真实的世界，对吧。我对此有着很强烈的问题意识。

我很喜欢一个笑话：

未来，地球变得不宜居住，宇航员乘坐飞船去寻找其他宜居的行星。他们到处寻找，终于找到了合适的行星并着陆，在那里发现了原住民。宇航员上前搭话："这是什么行星？"原住民呆呆地看着他们，没有回答。于是宇航员说："不行，这里的人都是蠢货。还是另找别处吧。"然后他们就飞走了。而行星上的原住民依旧呆呆地看着他们离开。

实际上,那颗行星是一万年后的地球,人类再一次进化,所有人都不需要通过语言交流了。所以在通过分节进行思考的人类眼中,他们就像是一群蠢货。

福冈

这个笑话很不错。

坂本

对吧!可惜我也不知道人类未来是不是真的能变成那样。

算法思维的陷阱

福冈

现在很流行人类迎来技术奇点，AI统治世界的说法。我觉得这也来自逻各斯的思考方式。

AI并不是突然出现的东西，只是计算机的计算能力提升的结果。现在的计算机能够瞬间解析大量数据，并且迅速计算出最合适的答案，所以AI能在将棋和围棋上胜过人类，可以说是理所当然的。

我并不反对使用AI实现出租车自动驾驶，或者把买到的东西迅速送到家。但我认为，人脑的思考模式能够直接置换成算法的观点是非常消极的。

坂本

我也认为那种观点非常消极。

AI认定正确答案只有一个,但对于音乐、艺术以及生命而言,不能说正确答案只有一个,其他都是错的。生命正是在反复的错误中不断进化的。

福冈

没错,破而后立才是生命。

坂本

这种在错误中不断前进的模式,对于只在既定的规则中分辨对错的AI来说,是无法理解的。我认为,AI无法真正地理解音乐、艺术、生命和宇宙。

福冈

一部分生物学家的思考方式也与AI相似。生命的历史约有三十八亿年,而他们相信,只要设定好与三十八亿年前一样的大气成分、湿度、温度等初始条件,生命就会萌芽,并原原本本地再现进化的历史。这正是AI化的思考,认为只要给出某种条件,相应的算法就会启动。

坂本

这是很危险的生命观和世界观啊。

福冈

我也这么认为。正如刚才坂本先生所说,进化是个不断重复错误的过程,并不是只有优异者和强者才能存活下来,只是碰巧产生变化的物种得以存活而已。其变化的方向也是偶发性的,是自我破坏之后产生了不稳定性,从而得以前进,与算法没有任何关系。所以,即使设置了完全相同的初始条件,生命也可能不会萌芽,而即便萌芽了,也绝不可能沿着完全相同的轨迹进化。

坂本

生命每时每刻都在发生着无数的突变,在特定的时期,什么样的突变会被选中成为进化,还要取决于生物生活的环境,以及同一环境下其他生命体的活动。

福冈

是这样的,生命与生命之间互有影响。

所谓进化,并非源自被赋予的条件,而是一种生物在与其他生物及环境的相互作用下引发的变化。那不是因果关系。

坂本

因果关系说白了就是英语式的堆砌砖块的思考方式。但现实世界应该不是那样的。

以 AI 为代表的算法思维给人的感觉就是堆砌起逻各斯的砖墙,圈出一个假想世界,把自己封闭其中。不过,那终究是幻想。经济领域也一样,将人脑制造出的假想的无限性带入宇宙的有限性中,并认为它能无限成长,无限获利。这样真的很愚蠢。

福冈

这就是算法思维的陷阱。

我认为迟早会发生像天灾那样的灾难,将堆砌的砖墙彻底摧毁,而愚蠢的人类又会立刻在废墟上堆砌新的砖墙。就如坂本先生刚才所说,人脑始终有着那样的倾向。

坂本

人脑无法展开逻各斯以外的思考方式。

事实上,我们正在进行的对话,也是使用语言这种区分和固化的工具来交换思考。

福冈

这是一个很大的困境，但我们还是只能背负着矛盾前进。关键在于如何让我们自己摆脱语言乃至逻各斯的束缚，恢复原本的弗西斯。

坂本

语言学家诺姆·乔姆斯基提出了生成文法的概念，认为人脑会随着发育形成一种内在的语法基础。这样想来，人类恐怕无法轻易摆脱逻各斯的束缚了，只能通过思考告诉自己，我们所看见的东西并非真正的自然。

福冈

人类是愚蠢的，所以我不太清楚这算不算进步，但我还是会坚持思考。

音乐与生命

Part 1 破而后立——音乐与生命的共通之处

坂本

其实人类以外的生物有很多值得我们学习的地方,比如树的生存方式。树并不是单独存在的,而是在与土壤、大气、昆虫和微生物等周遭环境的相互作用中成长,自身萌发出繁茂的枝叶,让落叶为大地提供养分。这种被环境包围,自己也包容环境的相互的文明,我们人类是否也能实现呢?

那也许很难,但智人的历史只有二十万年左右,还是一个稚嫩的种族。从生物学的时间观念来看,我们不久前还在忙着狩猎、采集,而工业革命也仅仅过去了二百年。我虽然是生物学的外行,但也知道生物种类平均能够存在一百万年。相比之下,人类只是一个婴儿般的物种,智慧也极其浅薄。

人类的意识尚且稚嫩,但是在工业革命之后,每个人对地球环境造成的负担却在急剧增加。如果对环境的改变过于剧烈,很可能导致自毁的结果。从这个意义上说,人类还有极大的成长余地。

发现内在的弗西斯

福冈

要改变提取信号的做法，回归到弗西斯本来的噪声中，首先要暂时放下客观的观察者的身份，以内部观察者的身份进入弗西斯的噪声。从某种意义上说，那是一种极其个人的体验。

举个例子，魏克斯库尔的夫人在讲述魏克斯库尔的著作《雅各布·冯·魏克斯库尔：生活的世界，创造的环境》中，介绍了一个让人印象深刻的场景。

一次，我在海德堡的森林中散步，遇到了一株美丽的山毛榉。我呆呆地站在树下，脑中突然涌出一个认知：这不是一株山毛榉，是我的山毛榉。我通过我的感觉与感知，构筑了这株美丽的山毛榉的所有细节。(《动物的环境与内在世界》，前野佳彦译，2012年)

魏克斯库尔意识到"这不是一株山毛榉，是我的山毛榉"。也就是说，他暂时放下了西方式的观察者的立场，作为噪声融入了弗西斯，并感应到了魏克斯库尔自身的环境界。但是这种思考方式在近代科学中一直得不到认可。

坂本

我们人类在进化的过程中，或许因为有了文明，无法像魏克斯库尔那样完完全全地接纳自然现象，成了一种迟钝的动物。以前的人，比如渔夫能够倾听自然的声音，根据当时的天气情况判断"明天要下雨"。可是现在的人基本丧失了这种能力。

魏克斯库尔的故事让我联想到，这是量子论观测者与对象的关系。

被观测的物体因为观测这一行为而发生改变。你可以说这是感性的言辞,但把自己当作跳脱自然之外的存在去观察自然,这种认知本身就是错误的。

我经常想,我们生活在纽约或东京这样的大城市中,高大的楼房用坚硬的玻璃隔绝了自然,放眼望去几乎都是人造之物,只有寥寥无几的树木。但我们自己并非人造之物,而是跟树木一样,完完全全属于自然。所以最贴近我们的自然不是山与海,而是自己的身体。

福冈

没错,人类也是自然生命体,是自然之物。

坂本

在我意识到自己本身就是自然后,一直在思考这个问题。我的身体是自然之物,因此不受控制。每天的变化都是理所当然的，会感冒，会生病，有出生便有死亡，会逐渐衰退，绝对服从熵增定律。

福冈

是的，正是如此。

坂本

可是，又有多少人意识到了这个问题呢？许多人好像都把自己当成了在人造空间中出生并长大的产物，以这种认知去生活和工作。

福冈

是的，很多人认为自己的身体是可控的。其实我们更应该注意，不要让逻各斯侵蚀我们作为弗西斯的存在。因为逻各斯会试图控制弗西斯。

坂本

人类这种生物很喜欢与熵增定律抗衡，不让自己衰减。

比如，人们不仅要制造非常反自然的人造之物去填充城市的风景，还要让这些人造之物尽量不被毁坏。毁坏意味着结构破碎，回归自然之物，而人类不喜欢这一点，所以会尽量让它们更长久地保持人造的形态。然而熵增定律是强大的，无论怎么反抗，任何东西都逃不开毁灭的命运。而人类就会试图在自己存活期间令其不致毁坏。

我认为，这种反抗的根源在于人类对世界的认知，或者说是一种倾向。因为这二十万年来，人类一直在重复这样的反抗。

福冈

坂本先生在音乐领域创作着不同于逻各斯的砖块堆砌之物，而且是不可预测的、反算法的作品。我认为，这种在逻各斯与弗西斯之间徘徊，将过于倾向逻各斯的轨迹尽量扳回弗西斯方向的尝试十分重要。

坂本

本来因为存在着话语无法表达的世界,才有了音乐。人们需要的既不是S(sound)也不是N(noise),而是M——"music"。这是一种诗性的诉求。无论是哪种艺术形式,更重要的都是语言无法表达的那部分。

比如,与我合作过的电影导演贝尔纳多·贝托鲁奇,他就十分重视电影中的诗性。即使是《1900年》(拍摄于1976年)这种政治题材的电影,他也会通过光影让画面充满"诗意"。我觉得真的很棒。

音乐与生命

音乐的起源在何处

福冈

听你刚才说的话,我突然想问,音乐的起源究竟在何处呢?坂本先生是怎么想的?

坂本

我十几岁时也整日思考音乐起源于何处,而这是一个很难回答的问题。顺带一提,被认为最接近人类的大猩猩和黑猩猩也会故意制造声响,而那其实是某种信号,也就是说,它们并没有这种作为纯粹玩乐的制造音乐的行为。

音乐的起源与乐器的起源相近,或许是相同的。我不知道乐器出现的具体时间点,但是正如造出钢琴,制作乐

Part 1　破而后立——音乐与生命的共通之处

器相当于改变自然。比如，当人们拾起掉落在地的鹿骨，将其晾干后凿开几个洞，放在嘴边吹，这个时候便算是彻头彻尾地改变了自然。

先在鹿骨上开一个洞吹吹看，再开一个洞，又能吹出不同的声音。我喜欢在这里开洞，这会让我很高兴。我要开许多个洞进行尝试，一下就开了五个洞。接下来我要去山洞里试着吹这根开了洞的兽骨，声音还挺好听，于是我又找了其他人一起尝试——我可以很容易地想象出音乐和乐器起源的过程。

人类为何会有如此强烈的改变自然的欲望？那也许正是逻各斯的萌芽，而我最困惑的就是这里。所以，我想听听福冈先生是怎么想的。

福冈

正如坂本先生刚才所说，我们通过文明或文化的力量创造出各种人造之物，并生活在由人造之物构成的环境中。

而其中最贴近我们的自然之物就是自己的生命,我觉得这与音乐的起源存在重合关系。

可以这么说,从生物学角度,很多人认为音乐的起源就像鸟类的求偶行为,通过鸣唱进行交流,后来就成了歌,成了音乐。但我觉得并不一定是这样。

在充满人造之物的环境中,我们的内里一直在不断地发出声音,那就是我们的生命体。心脏每时每刻都在以一定的节拍跳动,人体也在以一定的节拍呼吸,连脑电波都在以一定的节拍振动,甚至性爱也有节奏。由此可见,生命的过程就是一直发出声响,制造音乐。

可是,在被逻各斯提取的这个世界中,人们总是容易忘记自己的生命体本身便是一种自然之物。也许正因为这样,才有了音乐。我们在外部创造音乐,与内部的生命发生共振,让人们想起自己是自然之物。

坂本

你的想法很浪漫，很有趣。

说个可能相关的话题。刚才提到的约翰·凯奇曾经进入不会反射声音的无音室。站在那个房间里，听不见任何声音。但是约翰·凯奇发现，他还是能听见两种声音。离开房间后，他询问："那是什么声音？"然后才知道，音调高的是自己神经回路的声音，低的则是血液流动的声音。

福冈

那就是音乐的起源啊。

坂本

近几百年来，人们所理解的作曲，都是在二维的坐标上摆放音符，像排列星辰一般形成漂亮的星座。不过刚才提到的那些，应该是放弃一切既有的理念，倾听自己体内丰富的音乐。

每当我处在人造之物的包围中，之所以能够无数次想起自己是自然之物，可能正因为知晓约翰·凯奇的这个故事。我感觉，那应该就是音乐的原点，同时也是走向错误方向的分歧点，是一种不定性的状态。

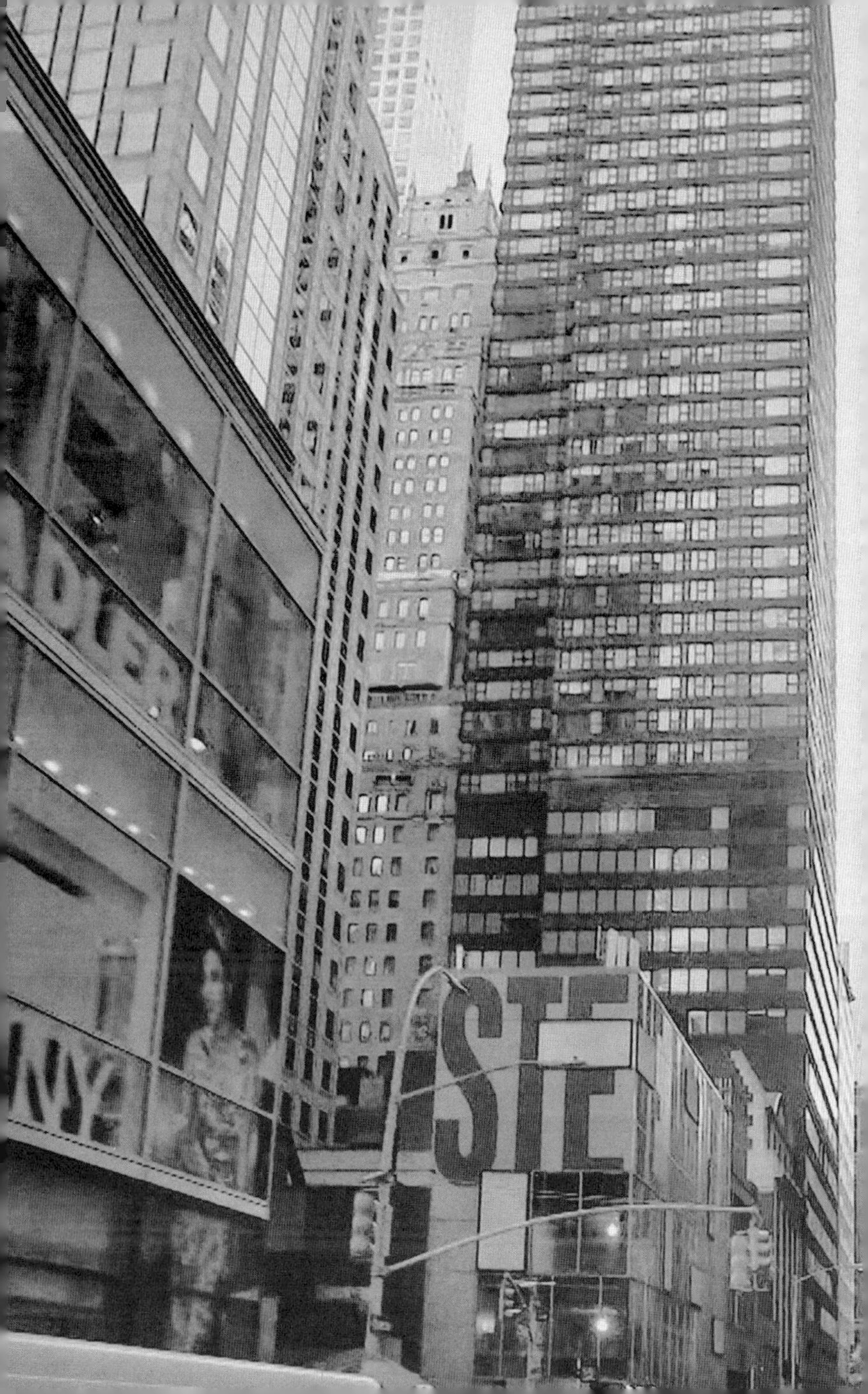

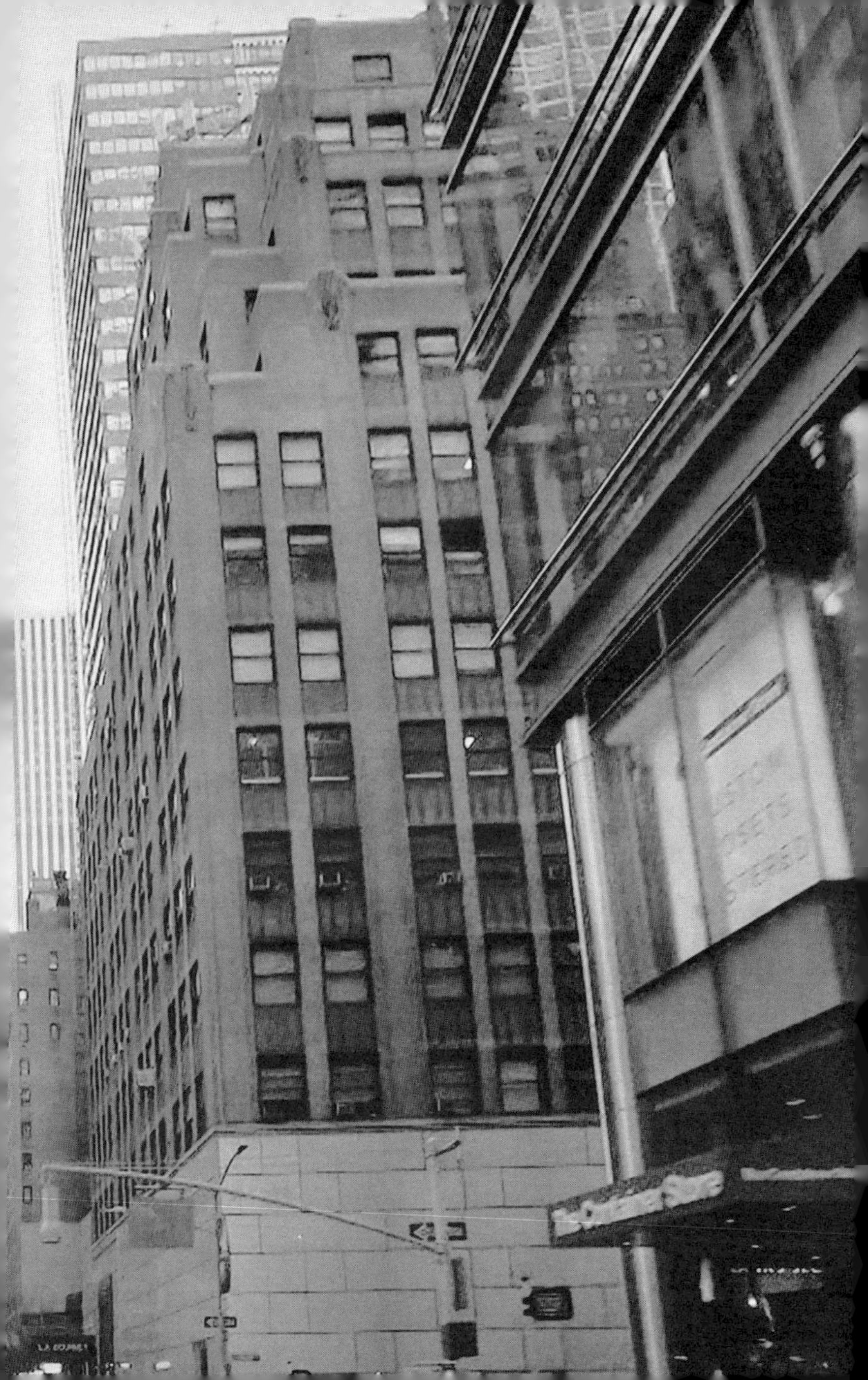

Part 2

在洛克菲勒大学

成环的音乐，循环的生命

福冈博士的求学时代

福冈

在第一部分的对谈中,我们主要以音乐为主题,谈论了星座及其背景的群星,或者说该如何捕捉其真实样态。那是我们两人都意识到的问题。而今天,我打算跟坂本先生谈谈我在生物学领域的思考,或者说是烦恼的问题。

坂本

那就请你畅所欲言吧。

我们所在的洛克菲勒大学,也是福冈先生这几年主要的工作地点吧。之前我与福冈先生交谈过许多次,但从来没有问过你具体在研究什么。今天请你务必介绍一下。

福冈

好,我知道了。

我与洛克菲勒大学的关系可以回溯到三十年前。理科类专业大学四年,研究生五年,我读完这些已经二十大几了,但想要成为独当一面的学者,还需要经历博士后这个阶段。20世纪80年代末期,我准备开始博士后研究,当时国内普遍认为:"日本没有博士后制度,必须出国进修。"那是个电子邮件和互联网都尚未问世的年代,我只能给多所国外大学写信,希望它们能接收我作为博士后研究员。各所大学因为会收到世界各地的同类信件,普遍会丢弃其中的大部分,不过这所大学正好有老师愿意收下我,于是我就一人一箱,只身来到了纽约。实际上我带了两箱行李。

坂本

你当时在洛克菲勒大学有认识的人吗?

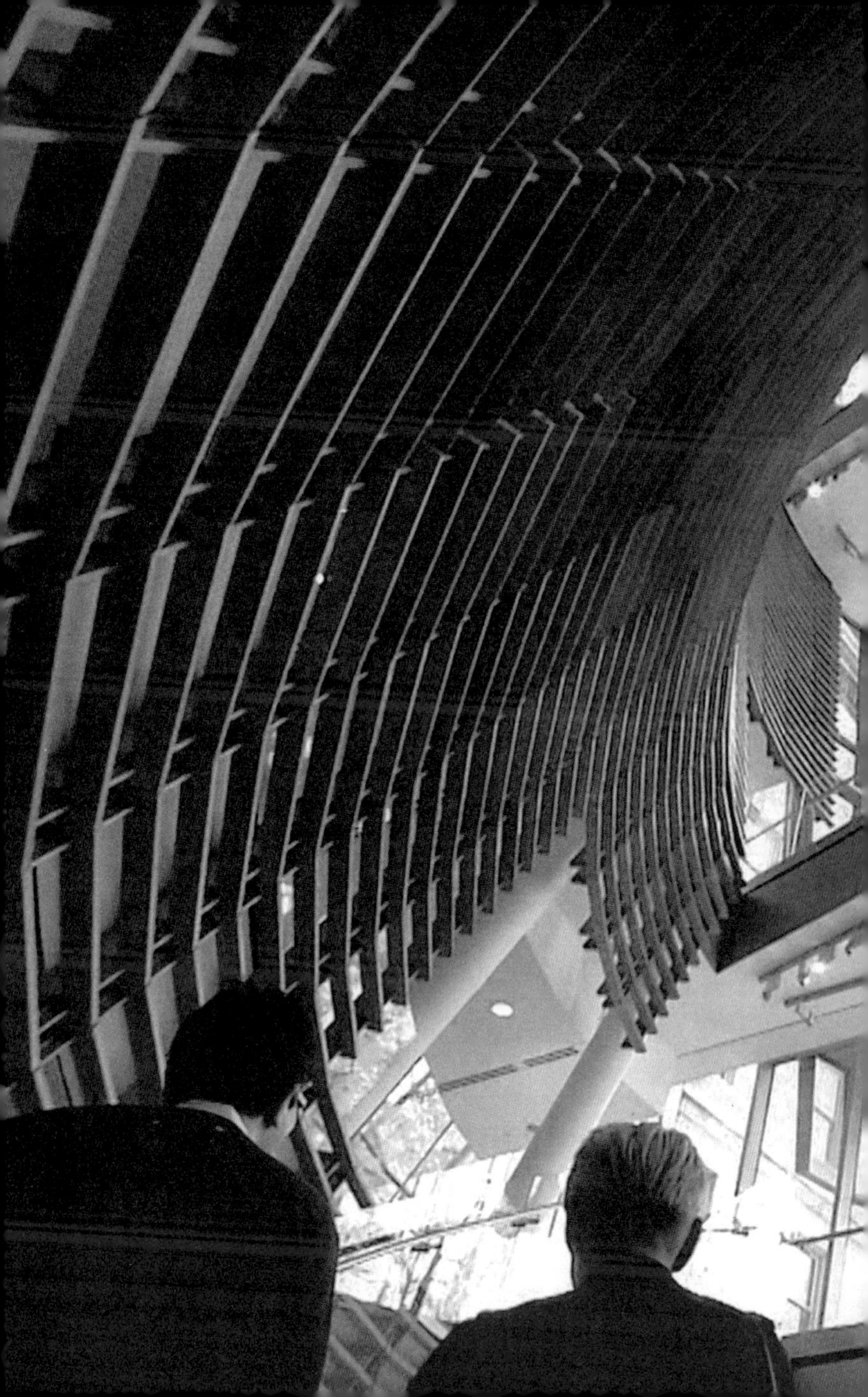

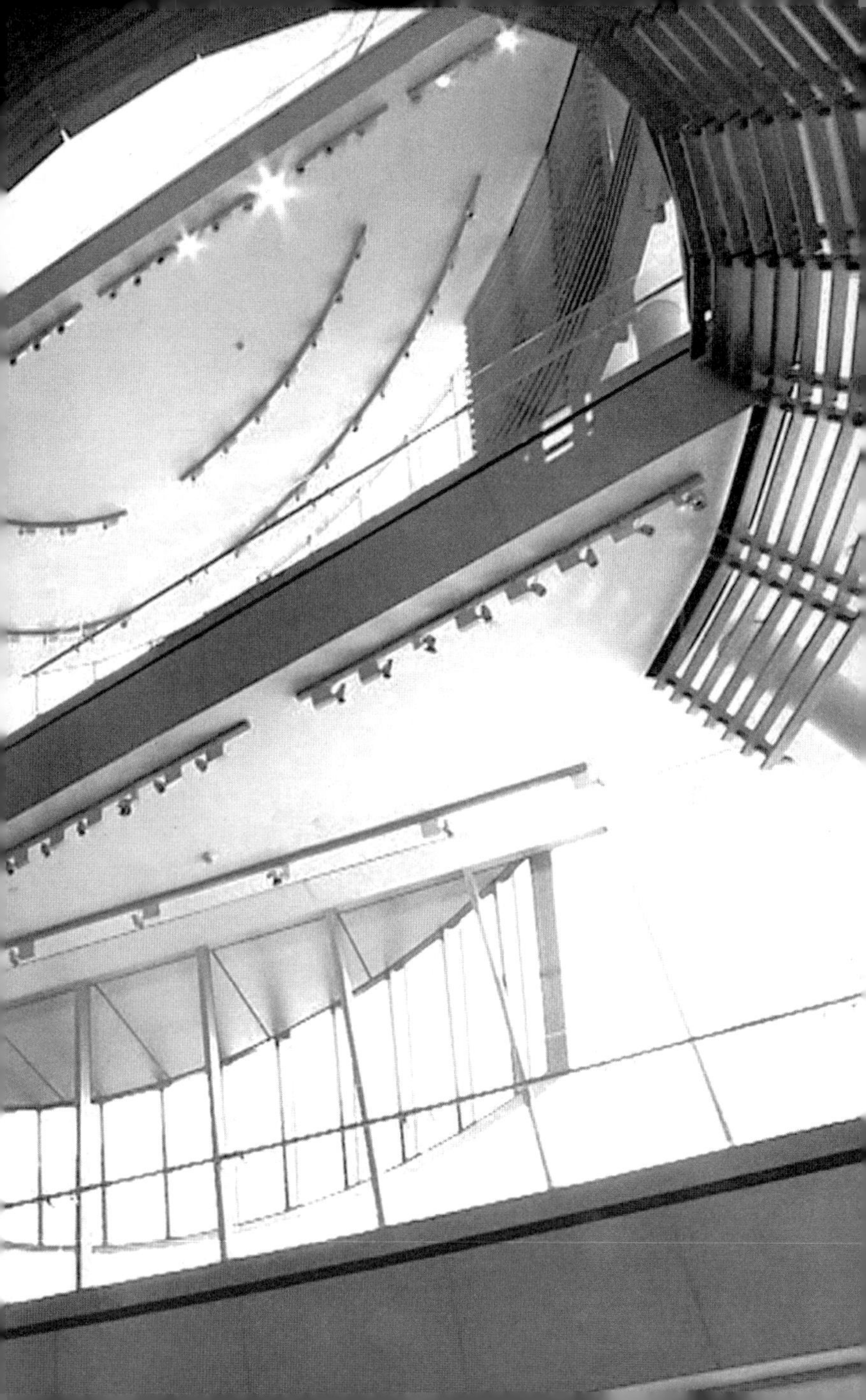

音乐与生命

福冈

完全没有。就是这里正好有空缺，让我幸运地捡了漏。

我的博士后时代持续了三年，但好不容易来到纽约，却没有去看自由女神像和帝国大厦，每天过着破出租屋和大学两点一线的生活。用现在的话来说，我的博士后生活就像进了黑心企业，从早到晚被人当成破抹布一样使唤。尤其我还是日本人，在语言壁垒与文化壁垒的阻隔下，我不得不拼了命地展示自己是个有用之才。虽然要没日没夜地辛苦工作，但博士后的工资却很低，只够我过最低限度的生活，此外根本剩不下什么。

坂本

原来福冈先生也有过这样的时期啊。

福冈

当时的我只是一个无名之辈，精神上和经济上都十分不宽裕。不过现在回想起来，那段时间我只需要做自己最喜欢做的事，其实还是很快乐的。

多年以后，我得到一个机会，以客座教授的身份重新回到这所大学。那时我不论精神上还是经济上，都比博士后时期宽裕了许多，便有了重新审视生物学这门学科的心思。

我之前做的一直是分子生物学这项逻各斯程度极高的研究，简单来讲，就是完全陷入了机械论式生物学的泥潭。

坂本

不过那个过程就像是基础教育，如果不经历一遍，就无法向上走吧。

福冈

没错。正如你之前所说，只有登上了山顶，才能看见接下来的风景……

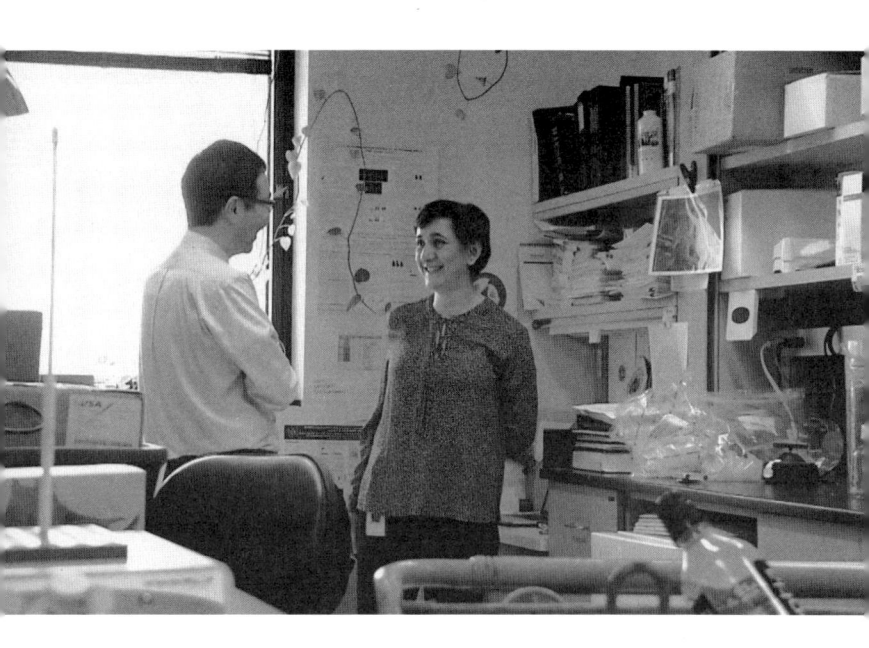

Part 2 成环的音乐，循环的生命

坂本

所以首先要爬上去,是吧。

福冈

我的研究并没有带来什么大发现,只不过是碾碎细胞、解剖小鼠、给每一个基因命名,并因此有了几个小发现。不过,大约十年前,我产生了一些想法,然后放下逻各斯生物学,更换了赛道。

20世纪的生物学已经能检测出病毒的真实样态和各种信息,但我认为,这个发展是否让人们过于偏向将生物视作信息的集合体了?这便是我一直维持到今日的思考。

区分完世界之后，还会有什么？

福冈

今天我带来了一样很有意思的东西。

这是一张胰腺细胞的显微镜照片（下页图）。如果对完全没有接触过生物学的学生说"你照着它临摹一张"，由于他们分不清细胞在哪里，自然是画不出来的。

坂本

我也不太看得明白。这张照片上的东西分界并不明显，有的地方还很模糊，看不出哪个范围可以算作一个细胞单位。说到细胞，我联想到的是被某种膜包裹的东西，可是这张照片上并没有那种清晰的边界。

音乐与生命

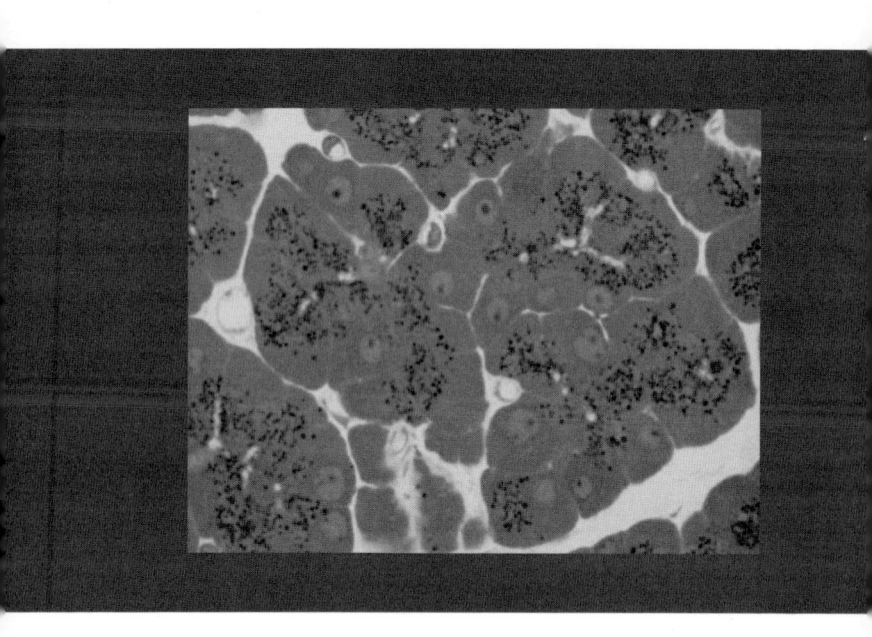

福冈

你说得没错。其实这些细胞具有脂质双层膜结构,被一片薄膜包裹着,可是在照片上却看不见。

这是一块非常薄的组织,切割得恰到好处的地方就能看清细胞组织和非细胞组织的分界线,而切得不太好的地方就连在了一起。

大致解释一下吧,照片中用线圈起来的地方就是一个细胞单位,发白的圆球是细胞核,里面容纳着DNA(脱氧核糖核酸)。这台显微镜无法显示出更多细节,不过这上面的密集斑点是生成大量消化酶堆积而成的分泌颗粒,比较稀薄的地方就是高尔基体和内质网。如果不把这些部分一一命名,甚至无法看清那里究竟有什么。

坂本

原来如此。

福冈

原本不清楚这张照片到底是什么的学生，经过一年的时间，在课堂上学习了细胞结构后，每个人都能对着照片画出教科书上的那种细胞图了。与此同时，学生们也已经看不见最开始面对这张照片时，细胞中那些模糊的、没有名字的结构了。

另外照片上的细胞看起来是蓝色的，但细胞本身并没有颜色，而是被人工染色后才呈现出颜色的。只有经过这些加工，我们的认知才得以成立。

坂本

如果再进一步微观化，去探查希格斯玻色子这种量子的世界，其加工过程肯定要更繁杂吧。

福冈

没错。需要反复观测，想尽办法从噪声中的噪声中的噪声中找到微小的信号。这便是人们发现新星座的努力。

坂本

根据理论性的预测去努力寻找，终有一天找到了，是这样吧。

福冈

是的。我作为生物学家，曾经也很投入地去寻找过理论的证明，为此不断地区分世界。但正如我刚才所说，大约十年前，我开始产生疑问：如果一直这样下去，未来究竟会有什么呢？

音乐与生命

用逻各斯解释动态平衡

福冈

在第一部分中,坂本先生提到自己曾经做过不用名词思考的实验。其实我在大约十年前,为了以更综合的方式看待生物学,也想过能否尽量不用名词,将名词与名词之间的表现记述下来。比如河水的流动和云朵的流动,我不用河水和云朵这些名词,只写出流动这个动态。在当时,我想到了两件事。

首先,碾碎细胞和解剖小鼠可以交给年轻人做,而我呢,说得好听点,只充当一名"思考者",专精思考工作。其次,我需要创造一个新的词,不是给诸如河水与云朵这样的要素命名,而是解释要素与要素之间的表现,去说明

Part 2　成环的音乐，循环的生命

生命现象的流动。于是我想到了"动态平衡"这个词。我一直在思考，有没有一个数理模型，能够将这个概念进一步精密化。

坂本

福冈先生说的动态平衡并非机械的、僵硬的世界观秩序，而是具有从外部流入的能量，始终存在着状态的变化，类似一种耗散结构，对吗？

福冈

耗散结构是一种有序非平衡开放系统，由比利时物理学家伊利亚·普里高津总结并理论化。普里高津因此获得了诺贝尔化学奖。动态平衡在自己生成秩序这一方面应该与之相似。

不过，耗散结构并没有触及时间的流动，或者说没有解释清楚时间从何处诞生的问题。另外，耗散结构虽然能够自动生成某种秩序,却没有完全解释清楚生命如何舍弃了其中的算法。所以,我正在思考的动态平衡理论,准备将耗散结构未能完全解释清楚的部分吸纳进来,构筑一个动态平衡不断被破坏、重新被生成的模型。

坂本

太棒了。如果你成功了,就能超越普里高津吧。

福冈

哪里哪里,真要做起来很难。不过,我的"野心"就是将动态平衡理论化,让那些被逻各斯包围的美国研究者都能理解。

坂本

如果无法用逻各斯来解释,就要被打成"新纪元派"了。确实有一些美国科学家被称为"新纪元派",但是为

音乐与生命

了不被别人说"最近那家伙变成新纪元派了",还是必须对理论进行加工,让它从逻各斯的角度也能被理解和采纳。要让别人理解,就只能使用逻各斯这种通用语言了。

福冈

正是如此。在弗西斯与逻各斯对立的情况下,如果突然转向弗西斯,怎么说呢,会给人一种亲近超自然信仰的感觉。我确实想避开"世界一直在振动"这种新纪元派的印象。

坂本

他们都说世界是波动的。如果都像那样说话,难免要被说成心灵信仰。

福冈

如果用逻各斯说明的结果是那样,我倒也无所谓。

不过，目前为止的逻各斯还不足以阐释靠近那个方向的模型。所以要先打破逻各斯，用一种精细程度更高的新语言去靠近弗西斯。

科学史留名的造假事件

福冈

除了动态平衡的理论，我还在研究另一项课题——为何人类总想在弗西斯中找到逻各斯。

有个很好的例子，就是科学界的造假事件。比如日本发生的STAP细胞事件。而美国康奈尔大学发生的斯佩克特事件，其目的则不只是贪图晋升或研究资金，抑或是得到老板认可这些小利，它将人类认知所创造的世界观本身摆在了我们面前。可以说，那是一个具有象征意义的事件。

斯佩克特事件在当时是震动整个学界的大丑闻，学术造假的罪魁祸首潜逃，最终没有人知晓他的真正意图，整件事就这么被人淡忘了。

坂本

那件事发生在什么时候?

福冈

事情发生在四十多年前,也就是1980年前后。当时我还是个学生。那件事给了我很大的冲击,因为我深刻感觉到,那种事极有可能发生在自己身上。于是,我就自行做了一些调查。

斯佩克特事件中,进行学术造假的是一名研究生,名叫马克·斯佩克特。他所属研究室的导师是癌症起因研究的重要人物——埃弗拉伊姆·拉克。拉克认为,癌症的生成需要最初的契机,也就是错误信息像多段瀑布坠落那样不断扩散的激酶级联理论。激酶级联用于比喻信息的传递,这个理论在当时只是单纯的假说。

而证明了假说的人,就是从业经历尚浅、按道理来说还只能在研究室中懵懂求知的研究生斯佩克特。他加入研究室短短一个月，就不断给出了证明激酶级联理论的完美数据。一般来说，从细胞中提取单一蛋白质是一项很烦琐的工作，我在博士后阶段也为此出了不少苦力。而斯佩克特以惊人的速度提取出了与激酶级联理论相关的五种因子。初出茅庐的斯佩克特能够展现出他们可望而不可即的能力，拉克研究室的人都盛赞其拥有"上帝之手"，并将他视为天才。

坂本

他们就是那样说服自己的吗？

福冈

当然，肯定也有人心怀嫉妒。不过，斯佩克特也是所有研究室成员中工作最刻苦的人，这也让他们有了另一个承认他的理由。

拉克认为，使用埃利希氏腹水癌细胞进行研究时，

ATP降解酶会被磷酸化，与正常细胞相比，这使得工作效率低下且会产生浪费。如果他的假说正确，大部分ATP降解酶就应该磷酸化。可是他并没有直接见证那个结果。

斯佩克特在试管中添加了小鼠身上的埃利希氏腹水癌细胞成分，并观察其反应。如果某种标记被附加到ATP降解酶的P（磷酸）上，就可以跟踪和可视化P从一个地方移动到另一个地方的现象。斯佩克特证明了磷酸化反应导致P的移动，从而印证了拉克的假说。这一成果震惊世界，更有许多人相信，斯佩克特将和拉克将一同被授予诺贝尔奖。

坂本

斯佩克特证明了导师纸上谈兵的理论，可谓圣女贞德式的人物啊。

福冈

没错。拉克老师大喜过望,甚至在论文的导言处写下了"空中楼阁没有建筑规则"。(笑)这是英国作家G.K.切斯特顿的话。

坂本

他在论文里写了这么具有文学性的话吗?

福冈

可能自己的理论过于完美,拉克在得到确凿的证明后,按捺不住兴奋的情绪了。

音乐与生命

从逻各斯中溢出的弗西斯之形

福冈

只是,斯佩克特成功证明的激酶级联理论没有任何人能够再现。就算尝试了,也会发生各种意外而以失败告终。只有斯佩克特负责测试时才能成功。

大家都认为斯佩克特是做实验的天才,所以能成功,别人无法轻易再现也是正常的。最后,是拉克与斯佩克特的合作研究者沃尔克·沃格特发现了斯佩克特伪造数据的事实。

沃格特同样无法再现斯佩克特的实验。虽然做实验总会有失败的时候,但他还是觉得奇怪,心里就有了怀疑。

有一天,斯佩克特没在研究室,沃格特心血来潮地朝着他操作台上叠放的好几块聚丙烯酰胺凝胶打开了盖革计数器。没想到盖革计数器竟然发出了刺耳的警报声，报出高得惊人的数值。

沃格特一开始并不明白那是什么意思。聚丙烯酰胺凝胶上的确会有蛋白质磷酸化造成的放射线，但盖革计数器的灵敏度并没有高到足以对其进行准确的检查和定量。更别说凝胶板上还盖着防止干燥卷曲的沉重玻璃板，就算把盖革计数器放在上面，也不太可能读出数值。沃格特觉得奇怪，便开始仔细检查，却从凝胶中检测出了放射性碘，而不是磷。可是，磷酸化的实验怎么会有碘元素呢？

坂本

然后他就发现了伪造数据的行为吗？

福冈

沃格特的发现，让拉克与斯佩克特打造的"空中楼阁"

彻底瓦解了。

斯佩克特被拉克叫到面前，却不承认自己的造假行为，直到最后都坚称："那不是我干的。肯定是有人陷害我。"于是拉克命令斯佩克特重新进行试验，并告诉他自己将仔细检查所有结果。斯佩克特非常自信地答应下来，但是转头就不知所终，再也没有出现在科学界。后来，拉克将斯佩克特除名，而他自己的诺贝尔奖之梦也破碎了。

我心里一直忘不掉斯佩克特事件，便亲自去康奈尔大学做了调查，找到留在学校的相关人员进行采访，还请他们让我查看了许多资料。在采访的过程中，我还找到了斯佩克特的实验记录。

坂本

那真是太厉害了。

福冈

那个本子上先是列举了所有磷酸化的因子,斯佩克特在外面买了分子量恰好一致的蛋白质,并用放射性碘进行标记,伪造出了分子量所在之处存在放射性能量的事实。

坂本

原来如此。换言之,就是留下了"犯罪证据"。

福冈

是的。不过这个实验比实际的磷酸化实验还要麻烦。斯佩克特之所以要这么做,可能是觉得激酶级联理论实在太完美了,他很希望那就是真的。

坂本

他觉得那是上帝设计的完美之物,所以必定是真的。而为了证明那个完美的理论,故意做了许多特别麻烦的事情。

福冈

而相信逻各斯的人,都相信了那些伪造的实验结果。

这件事涉及的激酶级联理论确实很完美,但我认为,它同时也暴露了为证明理论而不择手段的理想主义信仰和逻各斯信仰的终极形态。

坂本

人类的欲望真的是黑暗的深渊呢。

福冈

我还发现了一个有意思的细节。斯佩克特在伪造数据的时候,顺手在笔记本上画了凯尔特花纹(P122图,笔记最上方)。

坂本

这不就是动态结构吗?

福冈

这样看过去,我觉得斯佩克特在伪造数据时,脑子里说不定流淌着音乐,甚至可能被他哼了出来。

坂本

也许对他来说,伪造数据是件很快乐的事吧。毕竟这个实验做起来虽然麻烦,但所有的数据都恰到好处。笔记本上的"图"很美。我猜,斯佩克特应该在其中得到了快感。

福冈

看他记录的各种数据就会发现,笔记中有许多地方都体现了他的快感。

音乐与生命

Radioiodination Labelling of Polypeptides with Bolton Hunter Reagent.

1-22-80

#	STD TO COMPARE	M.WT. DALTONS			Rxn buffer	@ buffer	
R-1	65,000	BSA	5mg	→	1ml	.5ml	10mg/ml
R-2	53,000	GDH	.5ml 10mg/ml →		1ml	.5ml	10mg/ml
R-3	50,000	FUMARASE	150μl at 4mg/ml in 5mg/ml →600mg		120μl	.5ml 60μl	.3mg/ml
R-4	53,000	PYRUVATE KINASE	.5ml of 10mg/ml in 1ml			.5ml	10mg/ml
R-5	43,000	OVALBUMIN	5mg			.5ml	10mg/ml
R-6	29,000	CARBONIC ANHYDRASE	5mg			.5ml	10mg/ml
R-7	20,000	SOYBEAN TRYPSIN INHIBITOR	5mg			.5ml	10mg/ml
R-8	14,000	RIBONUCLEASE	5mg			.5ml	10mg/ml
R-9	12,000	CYTOCHROME-C	5mg			.5ml	10mg/ml
R-10	40,000	ALD BIOLASE	.5ml at 10mg/ml in 1ml			.5ml	10mg/ml
R-11	100,000	Lactoperoxidase (90,000)		→	250μl Stock	2mg/ml?

Protein Concen = 100μg/10μl = 10mg/100μl = 10mg/1ml. Use more 5mg/ml — .5ml

Buffer = Phosphate buffer pH 8.0 (.2M x)

React for 18 hours at 4°C

Amount of Bolton Hunter Reagent. There is 100μl in vessel

USE 5μl to ea protein

NEXT TIME: Dry reagent (remove benzene) before use

Remove **all** traces of $(NH_4)_2SO_4$ before attempting reaction

Gel
20μl buffer + 5μl sample
use 10μl

1μl of 10mg enzyme : dilute 1:10

122

坂本

但是换一种视角，也可以说他在设计非常美丽、二维的星座时，手上也在无意识地描绘着旋涡状的混沌。或者说，他在"图"与"地"之间，忍不住向"地"伸出了罪恶的手。

福冈

这一点十分发人深省。

我认为，斯佩克特事件是人类认知倾向逻各斯的终极范本。我想通过分析这个事件，将人类可能会陷入的某种逻各斯困境置于对极，用动态平衡的数理模型化这种新的逻各斯去表现星座之间溢出的弗西斯的本来面貌。

坂本

这个事件也是让福冈先生产生动态平衡思考的一大契机呢。

法布尔的话犹在耳畔

福冈

让我产生动态平衡思考的原因还有几个。

我是首个发现GP2这个遗传基因的学者。后来我拼命研究这个遗传基因究竟有什么用，为此耗费了许多研究经费和时间，总算做出了没有GP2基因的基因敲除小鼠。基因敲除小鼠就是被刻意去掉了特定基因的实验小鼠。

基因敲除小鼠是遗传基因操作的产物，通过显微手术人工敲除GP2基因后，我们会观察小鼠是否表现出异常。

坂本

所以你想看看那样做会发生什么事吗？

福冈

是的。如果是机器,拆掉一个零件肯定会发生故障。而通过研究故障的表现形式,就能知道GP2基因的具体作用是什么。换言之,当时的我从某种意义上说,以十分极端的机械论视角在做研究。

坂本

那些小鼠有异常吗?

福冈

问题就在这里,完全没有异常!

坂本

果然如此啊。

福冈

基因敲除小鼠在饲养箱里活蹦乱跳地到处跑,看不出任何异常。

我们研究团队越看越着急。因为思考过于偏向机械论,我们都觉得拿掉一个零件后,小鼠肯定会发生故障。我们采集了基因敲除小鼠的血液,做了所有能做的检测,但是参数都在正常范围内。再观测细胞的显微照片,也与正常小鼠没什么不同。小鼠的寿命约为两年,我的实验对象并没有出现寿命缩短的现象,而且在与同样的基因敲除小鼠交配后,也正常繁殖了下一代小鼠。它们下一代的小鼠同样缺失了GP2基因,但都四肢健全,没有任何异常。

坂本

那也就是说,少了一个基因,小鼠的可塑性和生物网络都对其进行了补偿,是吗?

福冈

正是如此。不过对我来说,这就是一个投入了大量时间和经费,却得不到任何数据的重大挫折。

坂本

但那也是个好的挫折,不是吗?

福冈

是的。最开始我非常失望,但心里总感觉小鼠身上缺失了零件,却没有出现任何异常,那种可塑性真是太让人震惊了。因为那正是生命之所以为生命的奇妙之处。

坂本

我觉得你的这个发现更厉害。

江户时代有个叫三浦梅园的思想家说过:"莫叹枯木生花之奇,且叹生木生花之妙。"也就是说,我们更应该惊叹

音乐与生命

于树上开花这个自然现象，或者说应该从看似理所当然的事情中发现自然的奇迹。而福冈先生通过那个实验，也产生了同样的感慨吧。

这个认知还与圣保罗那句"生物的存在即奇迹"相呼应。虽然圣保罗的理论是"所以上帝存在"，换个角度来看，生物的奇迹就像上帝的存在一样奇妙。事实上，如果没有了那些如同奇迹的自然之理，生命不可能在风雨飘摇中延续三十八亿年。

福冈

你说得很对。曾经的我一心只想从基因缺失的小鼠身上发现异常，完全忽略了那理所当然的事情，深陷在逻各斯式或者机械论式的生命观中。

不过，我看到基因敲除小鼠没有任何异常时，突然意识到自己原本是个很喜欢蝴蝶的昆虫少年。坂本先生在东京出生、长大，是个城里的孩子，想必能够明白一个道

音乐与生命

理——即使在大自然的包围中出生、长大，也不会成为自然观察者。反倒是城里的孩子会惊讶于自然的精妙。

坂本

我也觉得。

福冈

接着，我又想起了法布尔的一句话。这里就介绍一下奥本大三郎老师的译本吧。

你们切开虫子的腹部，我就研究活的虫子。你们让虫子承受痛苦，让它成为令人厌恶的、可悲的生物，我就让虫子成为值得爱的生物。你们在研究室里拷打虫子，将虫子细细切片，我就在蓝天之下，倾听蝉的歌声，观察它们。你们用药品研究细胞和原生质，我就研究本能的更高阶段的体现方式。你们在窥视死亡，我在探索生命。(《昆虫

记》，2006年）

坂本

太棒了！我觉得"蝉的歌声"那里与魏克斯库尔的"这不是一株山毛榉，是我的山毛榉"有异曲同工之妙。

福冈

想起法布尔的这句话，我猛然醒悟：哦，对啊！我也不要窥视死亡，而要探索生命！

曾经身为昆虫少年的我，还在为毛虫变成蛹，蛹又变成蝴蝶的变态现象而惊叹，但不知什么时候，我开始碾碎并分类细胞，走上了一条血腥的道路。我觉得这样做研究不太对劲，便决定进一步地去思考动态平衡，也就是生命整体的平衡机制。

法布尔、魏克斯库尔，还有今西锦司，这些都是被排除在现代生物学主流之外的人。但我认为，现在是时候重新亮出他们的主张了。

坂本

　　原来如此。我完全没有意见!

柏格森和薛定谔的生命观

坂本

那么,能请你谈谈动态平衡的理论吗?

福冈

好的。首先,我想介绍一下法国哲学家亨利·柏格森说过的话。他的智慧设计论(进化的方向受到超自然意识的掌控)也跟法布尔和魏克斯库尔的理论一样不被重视,但是他在其著作《创造进化论》中提到:"生命在物质的下坡上做着攀登的努力。"我觉得这句话非常好,甚至放到现在也很有说服力。

坂本

那与熵增定律正相反呢。

福冈

没错。

生命不断地将持续增加的熵丢弃到系统之外，维持着不稳定的状态，但每次在一个时间段内出现崩溃的征兆，最后还是能重建秩序。如柏格森所说，那就是在物质的下坡上做着攀登的努力。在物质的下坡路上不断反向攀登，重复着永无止境的往返，始终不停地做着拉锯运动，这就是动态平衡。

柏格森体系中还有一个人，就是奥地利物理学家薛定谔。

坂本

薛定谔的猫是广为流传的量子力学思考实验呢。他的

音乐与生命

《生命是什么》也是一本优秀的著作。

福冈

是的。薛定谔是一名物理学家,也是奠定了波动力学基础的人。由于女性问题,他曾退出学界,在爱尔兰生活了一段时间。在此期间,他专注从物理学角度思考生命问题,还做了一系列的演讲,那些内容后来成了《生命是什么》的底本。薛定谔在这本书中论述道:"但是,不是诗意的想象,而是清晰理智的科学思考让我们认识到,我们面对的事件的发展是如此规律有序,而引导事件发展的'机制'和物理学的'统计学机制'则完全不同。"

薛定谔也关注过熵增定律。熵增是宇宙的大原则,这点无法改变,但生命现象能够在局部上逆着熵增定律产生秩序。他称这一现象为"生命以负熵为食",道破生物"想要活着,就要持续不断地从环境中获得负熵"。也就是说,"物质代谢的本质是生命体在存活期间将不断产生的多余的熵处理掉"。薛定谔认为这个机制符合某种物理学法则，但还没有说明其细节，就离开了人世。我想再一次深入思考这个问题。

　　薛定谔的《生命是什么》出版于1944年。在那之后，有关生命的研究得到了飞跃式的发展。但是，他对于"生命是什么"这个生命科学研究的本质问题进行的考察，直到现在依旧能给我们带来重大的启示。

创造不如打破

福冈

生命的动态平衡,指的是不断地进行合成与分解。而相比合成,或者说创造,其实更为重要的是分解和打破。

但是纵观20世纪到21世纪的生物学大趋势,20世纪的研究一直着眼于创造。生物学家关注的是细胞如何合成蛋白质,DNA如何复制,这些都是对合成的设计机制的研究。因为这些研究,我们明白了创造所需的异常精密的机制。从大肠杆菌到人类,都用同一种方法将DNA信息复制到RNA(核糖核酸),再根据那些信息合成蛋白质,说白了就是凭借信息的流动进行创造。

从20世纪末到21世纪,原先只关注"创造"的研究方向开始出现变化。2016年获得诺贝尔生理学或医学奖的大隅良典老师的细胞自噬作用研究表明："生命的机制更注重打破，而非创造。"这可以说是划时代的发现。

大隅老师的研究团队利用酵母找到了恒定的细胞内分解系统，也就是细胞自噬的机制。他的研究证明，生命现象的常态并非创造，而是破坏。任何时候，破坏都优先于创造，而且还存在着不同的破坏方式。

坂本

所以DNA里面一定包含了负责发出破坏命令的设计。

福冈

正是如此。所以，我们必须正确认识破坏的重要性和积极意义。有了破坏，才会有创造，才能逆流而上排出熵。这样的范式转变，对我来说就是"async"。

因为熵增定律的存在，生命体时刻发生着酸化和变性，制造出废弃物。如果不能持续排出这些"垃圾",就无法生成新的秩序。所以,细胞需要专心分解物质,同时持续再造,并维持着这个危险的平衡。

也就是说,破坏导致了不稳定性,而利用这种不稳定性创造出柏格森所谓的"爬坡"的模型,就能在耗散结构中加入事件的概念,不依托于名词,而是直接阐述生命的本质,使动态平衡模型化。有了这个推测,我打算更加深入地思考通过破坏制造不稳定性的这个方法。

坂本

虽然不完全是向死而生,但为了生而先行破坏,这种能量的流动有点儿像武道的理论呢。

人类除了睡眠时间,其余时间一直都在无意识地绷紧神经,以免自己倒下。而那并不是人的意识问题,而是生命极端恐惧死亡的表现。所以武道中有一种概念,那就是故意倒下,对手将无法识别这一举动,因为那是不可能的。

福冈

　我不太熟悉武道,但两者之间说不定真的有关系。

Part 2　成环的音乐，循环的生命

动态平衡的理论模型

福冈

柏格森所说的"物质的下坡"是指重力，虽然所指不同，但也可以说，它与从高能量状态放出能量，从而进入低能量状态，或者从高秩序状态逐渐瓦解，陷入低秩序状态的熵增定律是重合的。于是我在进行动态平衡的理论化思考时做了一个实验，将熵增定律来类比受万有引力吸引的物体。

这张图（下页图）其实只是个很简陋的模型，我将这个圆比作生命活动，某种机制阻止了圆沿着斜面继续滚落。在停止滚落的那一刻，让破坏先行，或许能生出逆坡而上的力。

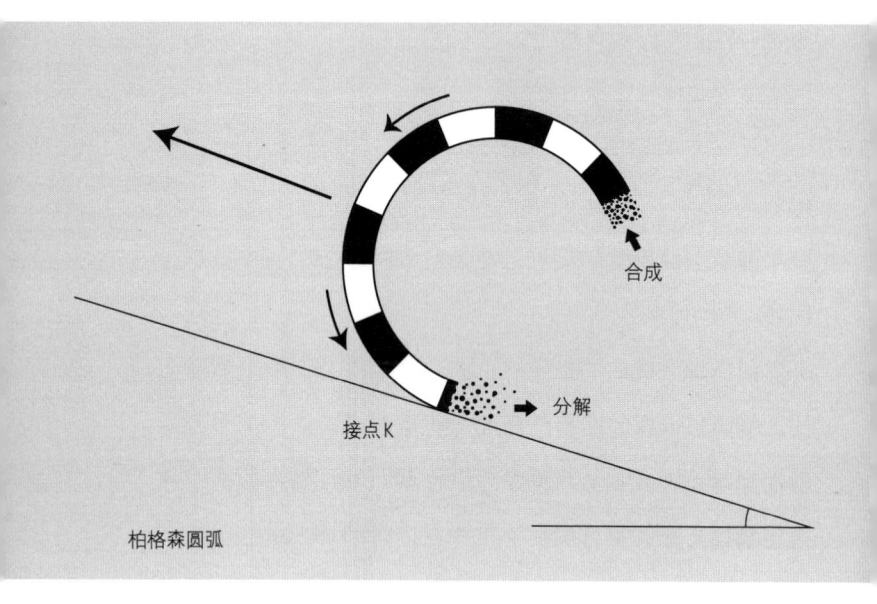

音乐与生命

合成

分解

接点K

柏格森圆弧

坂本

那要破坏什么地方呢?

福冈

圆与斜面相交的接点K是必须保持的。如果要让下行的轨迹反向攀登,就要从接点K以下的那一侧削掉一部分圆。

就像野口勇的雕塑作品那样,必定有一种切割方式能够让圆静止在接点K,通过数学计算可知,削掉的那部分占圆的三分之一左右。

切割掉那一部分,剩下的圆弧就能在接点K的位置保持与斜面的微妙平衡,停止滚落。

从这个平衡状态继续切割圆弧,就会产生不稳定性,让圆弧转而朝着斜面上方滚动。如果不去管它,圆弧就会在即将倾倒的瞬间向下滑落,而那个将要倾倒的点,就是开始合成与分解的起点。

这就是我所设想的,生命在不断合成与分解的过程中成立的模型。我将这个动态的圆弧称为"柏格森圆弧"。

坂本

听了你的解释,我想到以前的日本人走路都是同手同脚的,那叫作"难波步"[1]。难波步不像手脚交错向前伸出的西洋式行走,速度很难提升。尽管如此,日本古代还是有飞脚(递夫)仅用三天到十天时间就能从江户沿东海道赶至京都的传说。有人说,那并不是吹嘘。如果不挥动手臂,始终保持着身体前倾的姿势跑动,速度就能很快。而换个说法,就是在身体倒下之前向前移动。我觉得这跟福冈先生的图很像。

---

[1] 难波步并非同手同脚向前挥动的行走方式,而是同侧手脚上下移动。它与现代人的行走方式最大的不同在于没有躯干扭转的动作,肩膀始终朝向正面。——译者注

福冈

确实很相近。这个模型的本质就是不断补偿因倒下而产生的不稳定性，并且不断重复倒下的动作。

为了化解不稳定的平衡，圆会往斜面上方倾倒，而在那一刻，被切割的圆弧一头在分解，另一头在合成。但是，如果合成与分解的速度一致，圆弧就会陷入完全平衡的状态，动态就会消失。或者合成进一步增加，强化了向下滚动的趋势，就会导致下坡的力增加。所以分解要始终多于合成，也就是分解的速度要大于合成的速度，才能让在圆弧一点点倾斜的同时不断向上攀登。

坂本

原来如此。所以破坏要更多才行，对吧。没有破坏就没有新生，也就无法形成动态平衡。

接受死亡

坂本

不过难题在于,合成的部分如何开始。

福冈

你说得没错,这正是困难之处。

细胞的结构成分看似保持静止的形态,其实是一端在毁坏,另一端不断生成,像跑步机一样在运动中维持着一定的形状。那种动态作用同时发生在身体的每个角落,所以我认为,这个模型应该能涵盖生命的本质。

坂本

所以它并不是像机器的零件那般简单的存在,对吗?

福冈

是的。

生命通过动态平衡部分抗衡着熵增定律,但无法完全逃离。因为破坏始终多于创造,随着时间的流逝,圆弧整体会渐渐变短,最后完全消失。

这就是生命的有限性。柏格森圆弧不断重复着合成与分解,努力攀爬斜坡,但是在这个过程中会慢慢变小。我想,可以用这个模型去重新理解生命。

坂本

原来如此。在维持分解与合成的平衡时,生命本身在逐渐消耗,经过一定时间后彻底磨灭。这看起来是个很不错的生存方式呢。

音乐与生命

看着这个模型，我理解了生命的诞生和死亡。圆弧消耗殆尽，就会迎来死亡。那么，在生命的过程中发生疾病，又该如何解释呢？

福冈

也许可以这样解释：在合成与分解的速度平衡中，合成的速度稍微变快，导致分解难以跟上，从而让逆坡而上的动作转为顺坡而下，或者说静止在某个点，打破了动态平衡。

坂本

在东方的生命观中，疾病是气的流动发生阻滞，而这个阻滞，也许就跟你说的失衡相近。

福冈

我也这么认为。

音乐与生命

如果说动态平衡的阻滞意味着疾病，反倒不应该像近代医学那样，通过阻止某种反应或更换某个零件进行治疗，而是要动摇整体以找回平衡。

从这个意义上说，集多种反应于一体的中药反而能更好地作用于动态平衡。

坂本

欧洲的偏方中也有服用少量稀释的毒药来治病的方法，说不定也出于同样的思考。

福冈

照这样说，我们就要改变现有的想法，认识到只有恢复或修正动态平衡才能使身体恢复健康，而使用外部物质只能暂时减轻疾病，并非根治的手段。

坂本

DNA和地球温室化,甚至地球绕太阳转动这件事,像我这种科学的外行其实是无法确认真伪的。到头来,我们只在感觉上认定"就是这样"。同样,相比由逻各斯构筑的机械论式生命观,我更能够相信动态平衡的宇宙观和生命观。

福冈

能听到坂本先生这样说,我真是太高兴了。

困住我们的逻各斯的世界非常强大,使得人们很难跳出那个世界,去认知到弗西斯的丰饶。尽管如此,我今后还是会付出不懈的努力的。

坂本

我觉得,活着就像一次漫长的呼吸。吸气、吐气,这便是一个循环。当循环彻底停止,也就是"咽气"之时,

Part 2　成环的音乐，循环的生命

生命便迎来了死亡。这个动态平衡无法违抗，而且也最好不要违抗。但是不可否认，我们都希望能活得更长久。我觉得只有到了真正面临死亡的时候，人才会意识到这一点，而且这也是个无法用思想和道理控制的问题。

在我死后，我的身体回归大地，被微生物分解，成为下一代生物的一部分，实现"重生"。这个循环在生命诞生后已经持续了几十亿年，今后也会持续下去。而"我"这个生命现象，只是漫长循环中的一个过程而已。

福冈

如何面对死亡，这关系到如何理解生命这一触及生命观根基的问题。个体的死亡对于个体和周围的人来说，都是非常悲伤的，希望能够避免的。死后去往天堂，或者投胎转世，这些都是生死观。而我希望更自然地接受死亡——正如人类以外的所有生物那样。

或早或晚，一切的生命体都将迎来寿命终结之时。那是不断对抗熵增定律的动态平衡最终凌驾于熵增定律之上的瞬间。那不是败退，而是某种馈赠。也就是说，自己的生命体所占据的空间、时间、资源等生态位将会交到其他更年轻的生物手上，于是新的生命动态平衡就会建立。构成自己这个个体的分子和原子也都会回归环境。而生命就是这样延续了三十八亿年的漫长时光。所以，个体的死亡可以说是最大的利他行为。接受身边人的死亡，将伴随着难以忍受的痛苦，但是从这个观点去看待问题，遵从自然规则的死亡就不是悲哀的，而是值得庆祝的。这也与日语中的"寿命"[1]相通。

此外，个体的生命虽然有限，但生命的有限性同时也是文化性、艺术性，甚至是学术性活动的动力来源。每个人都希望在世界上留下自己活过的证据。正因为生命有限，所以才会光芒万丈。而在有限的生命迎来终结之时，又会

---

[1] 日语中的"寿命"也有"寿终正寝"之意，而"寿"字含有吉祥的寓意。——译者注

有别的生命重启并延续动态平衡。整个生命体系都是这样延续过来的,今后也将延续下去。

生命试错的痕迹

坂本

听了福冈先生的话，我想起东京大学曾制造了一台三百亿年只会误差一秒的光晶格钟。三百亿年比现在已知的宇宙年龄还要长很多呢。得知光晶格钟的消息时，我突然感觉到，宇宙自诞生以来已经过去了不可估量的时间，实际上却算不得什么。

想到我们所在的太阳系已经形成了大约四十六亿年，那相当于宇宙年龄的三分之一。所以在更早的时候，太阳系外的行星上出现与地球一样的生命，那也是完全不奇怪的。不过我还是很好奇，生命究竟从哪里来，因何诞生？

福冈

如你所说，生命最初的诞生暂时无法用科学来解释。生命动态平衡的机制如何在三十八亿年前那个瞬间，局部性地出现在这个地球上——这便是生命科学的最大谜题。

坂本

打个比方，刚才你说的圆顺着斜坡滚落这个动作本身在物质世界是理所当然的，并且时刻发生的。但是有一天，圆出现了破损，而且分解的速度更快一些，正好形成了最佳的平衡。我想，在茫茫宇宙之中，一定存在着那样恰到好处的瞬间。

福冈

刚才坂本先生也说了，太阳系形成于大约四十六亿年前，最初的生命则出现在三十八亿年前，中间只有短短八亿年的准备时间。就算将这八亿年全部用来试错，能在其中一次成功获得偶然的平衡，那也已经堪称奇迹了。

坂本

在不断试错的八亿年间，发生过无数次失败，使物质最终未能成为生命。我真希望那些没能留下传承的，所谓生命的战友们的痕迹能被残留下来。

福冈

就像外星人的遗迹一样吗？

坂本

我为什么这么说呢，其实跟我在不久前产生的音乐感触有关。

大约七万年前，我们的人类祖先从诞生地非洲走向世界各地。那是个大约有三十人的群体，他们当然拥有只属于自己的语言，应该也有歌。也就是说，一个群体讲着一种语言，唱着大家都会唱的歌。那虽然不是重力波的痕迹，但我希望，歌声也能在某些地方留下痕迹。比如，全世界的童谣都十分相似，那会不会是寻找七万年前走出非洲的音乐的线索呢？

福冈

你这样说真是太有意思了。生命的出发点应该也存在着本源之歌，但现在可能因为进化的程度过高、更复杂而再也听不见了。比如细胞要合成蛋白质，就需要有RNA，而生成RNA则需要DNA。那么，DNA是否一开始就存在呢？答案是否定的。要合成复杂的DNA，就需要相应的酶，也就是蛋白质。那么问题就出现了——蛋白质从何而来？这就成了是鸡生蛋还是蛋生鸡的争论。人们得出的假说是：可能一开始存在着某种多功能的RNA，既具有酶的催化作用，又具有类似DNA的信息保留功能。而那种RNA朝着两个方向分化，形成了蛋白质与DNA。按照这个假说，本源之歌就是类RNA的物质。有趣的是，RNA的物质性极不稳定，会迅速分解，迅速重建。换言之，它就是这么一个容易变通的存在，或许也可以说，它具有音乐性。

音乐与生命

乐谱与遗传基因的共通点

福冈

稍微说点儿别的吧,我一直很想问问坂本先生,乐谱的起源是什么样的?我喜欢的维米尔的画作中就能看见乐谱,再往前一百年的达·芬奇的画作中也能看见乐谱。所以,乐谱究竟是什么时候出现的呢?

坂本

是中世纪。人们发现古希腊时代也留下了类似乐谱的东西,但那不是在方格纸上标注音符的位置,而是用表示"长""短"的符号来记录乐器的演奏方法。当然,按照那个乐谱演奏的音乐早已散佚,人们只能做出这样的推测罢了。

福冈

原来如此。

若说我为何问起乐谱的起源,那是因为我觉得乐谱与遗传基因有着某种对应关系。也就是说,乐谱并非音乐本身,无论怎么样,它都不是音乐。

坂本

正是如此。如果没有人演奏,乐谱就不能算是音乐。乐谱就像牛顿的绝对空间、绝对时间、均质空间和时间那样,无论将一个点放在哪里都一样,不一样的只有数值。

福冈

乐谱和遗传基因都只是单纯被记录的数值而已。

遗传基因正如音符,由几个碱基序列组成,若序列出现差错,就会发生突变,相当于乐谱中的变调。但是,完全相同的遗传基因要被"演奏"出来,只能依靠拥有那些遗传基因的细胞和个体了。

不过，我们还是会简单地认为乐谱就是音乐，遗传基因就是生命，很容易忘了被记录的数据与真实的事物并非一体。从这个意义上说，乐谱与音乐也可以对应逻各斯与弗西斯了。

坂本

我也这么想。

尤其在这几个世纪间，乐谱的系统变得越来越复杂、越来越精密。在20世纪，甚至有人嫌五线谱过于粗糙，开始将乐谱精确地记录在几何学使用的方格纸上。有的西方音乐作曲家容不得一丝模糊，甚至会写下全部由数字代替的乐谱。这个层面的趋势跟科学的发展方向有点儿相似呢。

福冈

原来如此，与科学相似啊。

Part 2　成环的音乐，循环的生命

《音乐家肖像》，达·芬奇　　　《坐在维金纳琴边的女子》，维米尔

音乐与生命

坂本

如此一来，音乐就变得像数学一样，人人都专注于如何更美地表达自己的小宇宙。然而那是错误的，因为无论多么精密，乐谱都不是音乐。

只是，作曲家往往容易误以为自己拥有了上帝视角，错误地认为自己的最终目的是创造那个小宇宙。

福冈

其实生命科学也一样。目前学界肆虐着遗传基因万能主义，认为基因不表达的东西，就不会成为生命现象。

坂本

遗传基因万能主义者肯定认为，如果没有乐谱，也就是DNA，就不会有新的生命现象吧。

福冈

但是,就连拥有完全相同"乐谱"的同卵双胞胎都会形成完全不同的个性。除去几种先天性疾病,正如先前提到的基因敲除小鼠,遗传基因就算稍有偏差,也不会形成不和谐音符,进而引发异常。很多时候,不管是不是缺少了一个音,整体都不会发生太大的变化,所以生命现象应该是由遗传基因这种"乐谱",以及"演奏者"和"听众"组合而成的。

坂本

如此一来,活着就成了一次性的事情,不是吗?

福冈

没错,是一次性的。

坂本

之前聊到过，音乐是一次性的。而乐谱反倒否定了一次性。

也就是说，不管来自什么国家，拥有什么文化背景的人，只要按照乐谱来弹奏，就会得到相同的音乐。这便是乐谱的理念依托。它不仅否定了地方性，还要求即使经过了一百年也要得到相同的音乐，也就是超越了物理的时间性，可以说是一种逻各斯程度极高的系统。

即便乐谱系统是这样的，按照乐谱演奏出来的音乐仍旧是一次性的音乐，会随着空气振动的平息而永远消失。生命现象同样是只出现在当下的，是一次性的现象，这一点跟音乐一样。

福冈

你说得一点儿都没错。

音乐与生命

生命没有"命令者"

坂本

　　尤其在现代音乐的世界，不制作乐谱甚至不能成为评价的对象，连以前的我也有一点儿乐谱万能主义的倾向。不过，我的想法正在慢慢改变。

　　有一次，一位优秀的演奏家在我面前弹了我刚创作的曲子，这使我突然意识到了乐谱万能主义的错误。她的演奏与我在乐谱中创造的小宇宙截然不同，可以说孕育出了一个更美妙的音乐的宇宙。我震惊地想：原来创造音乐小宇宙的不只有作曲家，还有演奏家。而演奏家甚至能创造出比作曲家更美妙的小宇宙啊。

　　从那以后，我就彻底改变了看法。

Part 2　成环的音乐，循环的生命

又过了几年，我再次意识到：如果没有听音乐的人，音乐就不能完全成立。我年轻时的现代音乐更倾向于不让人听、不考虑听众感受的态度，认为那样更有艺术家风范，我当时也受到了很大的影响。后来，我强烈地意识到"听"也是音乐的一种重要元素，这才改变了看法。音乐的圆环要由创作乐谱的人、演奏的人和倾听的人组成，而我花了很长时间才总算认清这个理所当然的道理。

福冈

我也花了很多时间才认清理所当然的道理。不过，这也是上年纪的好处之一呢。

坂本

要问我为什么会察觉到音乐的圆环，起因是我强烈感觉到没有乐谱的音乐的存在。地球这颗行星时刻发生着空气的振动，也就是声音这种现象，而我认为，音乐意味着

Part 2　成环的音乐，循环的生命

有这样的空间和时间，让人去聆听和分享这种振动。所以，不管人类是否存在，河水始终会流淌，不管是否有人演奏，只需要聆听空气的振动，那便是音乐。

这个问题我已经思考了很久。我年轻时会做一些听觉训练，比如走在拥挤的大街上分辨传入耳中的声音，坐在电车里分辨周围环境的声音，也就是平时不会听到，但是仔细倾听却能听见的声音。在电车里，只需要稍加注意，就能发现大约十种声音混杂在一起，而且一种声音里包含的信息量，有时堪比一支完整的管弦乐队的演奏。

换言之，从某种意义上说，我们并不需要专门去创造新的振动。音乐的本质在于倾听空气的振动。就算没有乐谱也能成立。

福冈

所以你是跳出了乐谱的逻各斯，并发现了音乐的弗西斯。

坂本

再谈生命与DNA的关系，我们恐怕不能很干脆地断言："没有DNA也能维持生命。"DNA被称作"生命的设计图"，但我认为，它其实不像机器设计图那样固定化，而是始终与真正发生的生命现象息息相关的。

福冈

是的，你说得没错。

即使没有DNA，少部分生命也许依旧能存续。但是，DNA必须始终是被细胞所参考的数据性的存在。如此想来，DNA自然也算是生命现象的一部分了。但生命并不是只建立于DNA之上，因为生命与DNA是不断交互的。它们就像我面前流淌的伊斯特河一样，连DNA也在重复着永不间断的破坏与创造。

音乐与生命

坂本

我们都以为DNA是生命现象的指令，仿佛DNA存在于生命之外，是一个专门下达命令的机构。不过，生命的构图应该不是那样的吧。

福冈

没错，既没有命令者，细胞中也不存在司令塔，没有谁是掌权人。

坂本

那也就是说，所有这一切都是时刻流淌的生命。想到这里，我不禁觉得生命的存在方式真的是个奇迹。

Extra Edition

疫情向我们提出的问题

新型冠状病毒与弗西斯

坂本

新型冠状病毒导致的疫情出现后，我与福冈先生不能像从前那样经常见面了。不过我俩最近开始在网上交流，谈话的次数反而更多了。

福冈

是啊。我认为，新冠疫情与我们这几年来一直在讨论的"逻各斯对弗西斯"的问题有很深的联系。

在此之前，人类已经将很多种传染病逻各斯化，但如今面对这场弗西斯性质的疫情，人类还是束手无策。新型冠状病毒仿佛在提醒人类："如果你们不想办法让过度逻各斯化的世界回归弗西斯,就会丢失自己的根基。"

坂本

新冠疫情表现出了清晰的"逻各斯对弗西斯"的对立关系,而我们都目睹了这场世界范围的对立,可以说是一种十分宝贵的体验。

就如福冈先生刚才所说,人类的历史始终伴随着传染病,但现代的问题在于,人类的经济活动破坏了自然、森林和动物的生态系统,给生物圈带来了大范围的影响,这也就导致此前被封印的病毒有了更多接触人类的机会。现在我强烈地感觉到,这是人类自作自受的结果,自然对我们展开了报复。

2020年应该是这场足以留在世界史上的疫情的最初一年。正如西班牙流感耗费了整整三年才平息,这种新型冠状病毒恐怕也要肆虐好几年,直到全球几十亿人都打上了疫苗。

福冈

举个例子，丙型肝炎病毒与甲型、乙型肝炎病毒种类完全不同，从发现到特效药研制成功，整整花了二十五年。而想要新冠病毒像普通冠状病毒一样与我们的生活共存，肯定还需要很长时间。就算科学技术进步了，人们也不可能很快控制住新冠病毒。

现代科学使人们能够看清病毒的实际样态，并检测出各种信息，可不论掌握多少信息，实际能够对付病毒的手段却不存在，所以我们还是只能戴口罩、勤洗手，做些预防措施。从这一点上，也能看出20世纪生物学过于将生物视作信息集合体的弊端。从治疗的观点出发，从西班牙流感那时起，人类就没有任何进步。

坂本

掌握了病毒的信息，却没有对策。这个事实关系到了人类与自然割裂的本质问题吧。

Extra Edition 疫情向我们提出的问题

音乐与生命

　　从疫情暴发的2020年起，越来越多人离开城市，迁往乡村。看到这个现象，我逐渐开始对城市的生活，以及城市本身怀有疑问。

　　我调查了城市和定居的起源，得知城市的原型最早出现于美索不达米亚文明时期。根据考古学资料，以前的人类主要从事狩猎和采集活动，在丰饶的生态系统的支撑下，长时间过着分散的生活。但是从某个时候开始，人类渐渐定居下来。让他们舍弃丰富的食物资源，定居在一个地方，其背后说不定有气候变动引起的食物资源减少这个理由。

　　另外，他们放弃游牧生活，开始依赖少数几种谷物过活的另一个理由，恐怕还与"征税"有关。柄谷行人先生曾说，国家的本质就是征兵与征税。就在城市的雏形出现时，国家的雏形也萌芽了。

　　对于征税者来说，谷物能够在固定时期发芽，收成与土地面积成一定比例，因此这种能够预测征税量的作物是一种很方便的食物。而要增加谷物的产量，就需要分配更多劳动者，要得到劳动力，就要发动战争夺取奴隶，训练其中更优秀的人组成军队，进行下一步侵略。我想，一直延续到现在的国家管理人力与粮食的制度原型，就是从这里开始的。

此外，生活在人员密集的城市，除了人与人之间，人与家畜之间的感染风险也会变高。在美索不达米亚文明时期，世界人口仅有数万人，而现在已经发展到了八十多亿人。即使规模已经扩张到了这个地步，人类依旧没有克服自古以来的风险，始终应接不暇。

超越利己的基因

福冈

我认为，我们现在正面临着真正意义上的范式转变。

坂本

先生之前说过，"最贴近我们的自然不是山与海，而是自己的身体"。诚然，我们的生命就是弗西斯。所以我们必须警惕，不能让逻各斯入侵到我们自身的弗西斯之中，更不能被逻各斯掌控。

近年来，世间存在着宛如"双刃剑"的技术，只要一步想错，就容易使人陷入优生思想。退一百步讲，大脑外化这种逻各斯式技术的发展，的确能够加速信息传播，让生活变得更舒适，也能减轻劳动负担。但我们应该记住，逻各斯的箭矢，有时会直指生命体的内部。

在新冠疫情中，出现了用AI追踪行动轨迹，为控制人与人接触而进行的集群分析等行为，而这非常类似乔治·奥威尔的小说《1984》中描述的管制社会。世界上许多国家正在利用新冠病毒带来的问题，进一步强化AI对人类的管理。而我认为，如果真的发展成了看不见的监控社会，那真是太糟糕了。

坂本

其实监控社会和管制社会并不是现在才有的，而我们在谈论这些问题时，总能归结到逻各斯与弗西斯对立的问题上。

我不怎么看科幻小说，但是看过中国的《三体》，觉得特别有意思。这本书强调了三种要素之间相互作用的"三体问题"。包括我们的身体在内，世界上充斥的问题不只有三体，可以说是N体，而N体问题也可以说是弗西斯的真实样态，人们从牛顿时代开始，就一直在思考"存在于弗西斯空间中的三体问题"。

我认为，"二体"与"三体"基本等同于"逻各斯"与"弗西斯"。人类通过正确解答相互作用的二体问题，将世间万物逻各斯化，但是当二体变为三体时，此前逻各斯化的内容就变得毫无意义了。因此引发的混乱在《三体》中可以窥见端倪，而从牛顿到现在经过了四个世纪，逻各斯的力量依旧无法与之抗衡。

福冈

二体问题无非是某一方会成为敌人或是朋友，彼此之间产生利害关系，让每个人都更容易做出利己的举动。但是，这个世界和生态系统实际由三体甚至N体组成，在许多事物的相互作用下存在。假如这就是生态系统的真相，那么也可以说，生物本来便具有利他的属性。

利他属性最强的，莫过于树木。树木不断进行光合作用，生长出繁茂的枝叶，将树液和果实分享给昆虫和鸟类，又将落叶赠予土壤。因为有了这些，生物、微生物和菌类得以繁衍生息。甚至病毒也存在于更宏观的利他的相互作用关系中。

人类将新冠病毒视作敌人。其实大多数病毒一直与人类共存，承载着基因水平转移的重要信息。何况病毒不可能被彻底压制，我们也不应该去做这个尝试。

更别说尝试用AI这种逻各斯的力量去支配病毒，是完全没有意义的。可以说，那是无谓的抵抗。

坂本

如果彻底杀灭了病毒，我们这种大型生物恐怕就无法存活了。

我真的认为，除了人类，所有生物都具有利他性。每一种生物都不会刻意去想：我要为其他物种留下一些东西。

但它们还是会自然而然地与其他物种分享食物，共同生存延续。

我很喜欢非洲，所以去过很多次。在那里，我发现动物们用餐是按照生态系统中的强弱来排序的。首先由生态系统顶点的狮子进餐，而秃鹫在天上守着，鬣狗在周围候着。生物们按照这个顺序进食，最后轮到苍蝇、蛆虫和微生物，猎物转眼之间就成了一副白骨。我们的祖先直立人可能也在序列之中，但直立人没有獠牙，没有强大的力量，也没有撕裂皮肤的利爪，所以序位可能也就比粪甲虫靠前一些。真没想到，如此弱小的直立人竟然能熬过冰河期存活下来。

福冈

如果存在后疫情时代的生命哲学，那么我猜，它将会从20世纪的利己式遗传理论范式朝重新认识弗西斯的本质，即利他共存的方向转变并发展。

将剩余资源让渡给他者，这种利他行为才是生态系统的本质。人类之所以变为利己的生物，正如坂本先生刚才所说，是因为学会了保存粮食的方法，能够独占剩余资源了。按照同样的思路，货币也得到了发展，而这种机制发展到极限，便有了我们的现代社会。

坂本

我很喜欢黑泽明的电影《德尔苏·乌扎拉》（1975年），其中有个场景是，一名西伯利亚少数民族男性将自己的粮食挂在路旁的树枝上。请他带路的莫斯科调查组成员问他："你这是在干什么？"那个人说："我把猎物分给其他动物。"他的回答无比自然，但调查组成员无法理解这种行为。那个少数民族男性同样无法理解调查组的人"将一切据为己有"的思想。二者互不理解的场面十分有趣，而这正好能代表逻各斯与弗西斯的对立，所以我特别喜欢。

山顶看到的风景

福冈

不怕自我批判地说,我们虽然在这里谈论"逻各斯对弗西斯",实际上还是在生活中依赖着逻各斯。毕竟包括我在内,所有试图探索世界的学者,都是逻各斯的信徒。

坂本

也许因为弱小的智人最终依靠工具、火和语言这种逻各斯活了下来吧。从某种意义上说,逻各斯的发展是必然的。

福冈

也许有人会说,我这个逻各斯的信徒谈论弗西斯是自

Extra Edition　疫情向我们提出的问题

相矛盾的行为。但是正如我之前与坂本先生的对话所示，这不是一个二选一的问题，人类始终活在逻各斯与弗西斯之间。

坂本

"逻各斯对弗西斯"，或者说人类与自然的对立是一个很难解决的问题。可以肯定的是，一旦将逻各斯化的事物当作其真实样态，人在思考时就会以那种真实样态为前提，进而与真实的自然，也就是与弗西斯渐渐割裂。

年轻时的我特别喜欢无机质的音乐，而制作非无机质的音乐又十分困难。那时的我认为旋律这种东西说到底是十二音阶的排列组合，作曲就是对排列组合的思考。于是我早早用上了电脑，沉迷于将感性化作数值，制作数字化的音乐，并且一直在关心技术的创新。

但是，当我开始参加YMO（黄色魔术交响乐团）的活动后，就渐渐改变了想法，感觉到世上应该存在不刻意操纵音符的音乐。而现在，我一直在思考能否带着弗西斯化的大脑，去创造非线性的、没有时间轴也没有特定顺序的音乐。此刻，我就非常想拾取福冈先生所说的弗西斯，让其发展起来。

福冈

坂本先生发布的专辑 *Async* 中，"A"是否定的前缀，"sync"是"synchronization"，意为同步、协调。也就是说，这个专辑否定了再现性，否定了统治世界的秩序。我们在秩序中感觉到美，秩序越正确、越完美，它的美就更完整。

但是，坂本先生在否定那种"sync"。说起来，YMO让全世界为之狂热的、酷炫而毫无差错的科技音乐，以及让坂本先生被奉为"世界的坂本"那种正统而唯美的电影音乐的旋律，就是"sync"的具象。我认为，坂本先生就是带着自我否定的意图，在"sync"前面加上了"a"。

坂本

正如我之前所说,不登上山顶,就看不见下一座山。我现在能做的,就是从眼前挑选一座山,进行下一次攀登。正因为我在日本随机攀登了四十年,才能看见更多的山峰,才会有想要继续攀登的志向。

如果还像以前那样,心血来潮地去攀登山峰,那就太不值得了。我想珍惜从现在这座山上看到的另一番风景。我眼前矗立着好几座山峰,而我想正确选择自己的下一个目标。因为登山真的很辛苦。

福冈

你说得没错。

坂本

登山会耗费时间和体力,所以我要好好观察,仔细挑选下一座要攀登的山。

顺带一提，福冈先生现在看见的山是什么样的？

福冈

是动态平衡的进一步理论化。但是我觉得，有些东西肯定会在我用逻各斯的方式去解释的同时，不受控制地消解掉。

所以我恐怕会不断地回归到丰饶的弗西斯中，寻找新的语言重新阐述那个理论。我想，如果能比既存的思想先行一步进行破坏，并在其基础上创造新的语言，应该能朝着弗西斯更靠近一些。

坂本

思考本身也是一种登山行为呢。

福冈

我与坂本先生虽然身处不同的专业领域，但志向是一致的。坂本先生披着光环登上了名为"sync"的山，并在山顶上看到了新的风景。通过这次对话，我发现你看到的那片风景，也许跟我在碾碎细胞时感觉到的异样有所重叠。尽管我个人的力量微弱，但我还是想坚持攀登。

唯有到达了逻各斯的极限，才能窥见弗西斯的真实样态。坂本先生加入YMO后，创造了数字音乐的神话，因此得以回归弗西斯。这其实也是一个圆环，同时象征着人生的航路。我很期待坂本先生今后创作的弗西斯的音乐。

坂本

福冈先生的话让我受到了极大的鼓励，真是太谢谢你了。

本书的PART1与PART2基于NHK教育频道《SWITCH访谈——高手对决》（2017年6月3日）播出的对谈内容，完整收录了包括未公开片段在内的全部对话，并进行了大幅度的增补修订。
Extra Edition则是以坂本龙一Art Box Project 2020《2020S》手册中的《福冈伸一・坂本龙一往来书信》为基础，经过补充修改而成。

作者简介

坂本龙一

音乐家。1952年出生于日本东京。1978年凭借个人单曲《千刀》出道。同年加入YMO（黄色魔术交响乐团）。为电影《战场上的快乐圣诞》作曲，获得英国电影学院奖作曲奖；为电影《末代皇帝》作曲，获得奥斯卡最佳原创音乐奖、格莱美奖等奖项。创建森林保护组织"more trees"，在"stop rokkasho""NO NUKES"等活动中公开支持反核电站观点。另外，还成立了"东北青年交响乐团"，通过音乐支援日本东北地区太平洋海域地震受灾者。2014年被确诊口咽癌。2015年为山田洋次导演的《若与母亲同住》、亚利桑德罗·冈萨雷斯·伊纳里图导演的《荒野猎人》制作音乐，成功复出。2017年发布了时隔八年的专辑 *Async*。2021年被确诊直肠癌。养病时以日记的形式创作了一些乐曲,并总结为专辑《12》,于2023年1月发布。2023年3月28日去世,终年71岁。

福冈伸一

生物学家、作家。1959年出生于日本东京。本科与博士皆在京都大学就读。后成为哈佛大学实习研究员，回国后担任京都大学助理教授，目前是青山学院大学教授、美国洛克菲勒大学客座教授。著作有《生物与非生物之间》《动态平衡》系列等，从动态平衡的视角探讨了"生命是什么"。除此之外，还发表了涉及自然科学、哲学、艺术等广泛领域的著作，如探讨哲学家西田几多郎生命论的《福冈伸一解读西田哲学》，论述后新冠疫情生命观的《疫情后的生命哲学》（以上皆为共著），向儿童介绍达尔文《物种起源》的绘本《达尔文的〈物种起源〉进化论入门》（翻译），《生命海流 GALAPAGOS》《维米尔 光的王国》，小说《新·杜立德医生的故事：杜立德医生拯救加拉帕戈斯群岛》，等等。

图书在版编目（CIP）数据

音乐与生命 /（日）坂本龙一，（日）福冈伸一著；吕灵芝译. -- 石家庄：花山文艺出版社，2025.8.
ISBN 978-7-5511-7869-3

Ⅰ. I313.55

中国国家版本馆 CIP 数据核字第 2025T64924 号

ONGAKU TO SEIMEI by Ryuichi Sakamoto, Shinichi Fukuoka
Copyright © Ryuichi Sakamoto, Shinichi Fukuoka 2023
All rights reserved.
First published in Japan in 2023 by SHUEISHA Inc., Tokyo.
This Simplified Chinese edition published by arrangement with SHUEISHA Inc., Tokyo in care of Tuttle-Mori Agency, Inc., Tokyo.
Simplified Chinese translation copyright © 2025 by United Sky (Beijing) New Media Co., Ltd.

河北省版权局著作权合同登记号 冀图登字：03-2025-009 号

书　　名：	**音乐与生命** YINYUE YU SHENGMING
著　　者：	［日］坂本龙一　［日］福冈伸一
译　　者：	吕灵芝
策　　划：	联合天际·文艺生活工作室
责任编辑：	顾子璇
特约编辑：	徐立子
装帧设计：	细手有作
美术编辑：	王爱芹
出　　版：	花山文艺出版社（邮政编码：050061） （河北省石家庄市友谊北大街 330 号）
发　　行：	花山文艺出版社 未读（天津）文化传媒有限公司
销售热线：	0311-88643299/96/17
印　　刷：	河北鹏润印刷有限公司
经　　销：	新华书店
开　　本：	787 毫米 ×1092 毫米　1/32
印　　张：	7
字　　数：	101 千字
版　　次：	2025 年 8 月第 1 版
印　　次：	2025 年 8 月第 1 次印刷
书　　号：	ISBN 978-7-5511-7869-3
定　　价：	68.00 元

（版权所有　翻印必究·印装有误　负责调换）